当代作家精品·散文卷　主编　凌翔

故乡那一抹绿

袁彩文　著

北方文艺出版社
·哈尔滨·

图书在版编目（CIP）数据

故乡那一抹绿 / 袁彩文著 . — 哈尔滨：北方文艺出版社，2023.3

ISBN 978-7-5317-5783-2

Ⅰ. ①故… Ⅱ. ①袁… Ⅲ. ①散文集 – 中国 – 当代 Ⅳ. ① I267

中国国家版本馆 CIP 数据核字 (2023) 第 022452 号

故乡那一抹绿

GUXIANG NA YIMO LÜ

作　　者 / 袁彩文

责任编辑 / 富翔强　　封面设计 / 邓小林

出版发行 / 北方文艺出版社　　邮　　编 / 150008

发行电话 /（0451）86825533　　经　　销 / 新华书店

地　　址 / 哈尔滨市南岗区宣庆小区 1 号楼　　网　　址 / www.bfwy.com

印　　刷 / 涿州军迪印刷有限公司　　开　　本 / 710 ×1000　1/16

字　　数 / 120 千字　　印　　张 / 12

版　　次 / 2023 年 3 月第 1 版　　印　　次 / 2023 年 3 月第 1 次印刷

书　　号 / ISBN 978-7-5317-5783-2　　定　　价 / 59.80 元

人们听到的最美的声音，来自母亲，来自故乡，来自天堂。

——威·布朗

努力写出更出彩的陕北美文

单振国

与彩文相识年限并不太远，我最初以为他是个企业家或者经商者。他和我的一位文友是好朋友，我们一起喝酒、聊天几次，渐渐就相识了。直到有一天，我在微信朋友圈里看到他贴出的一组诗歌，我才知道，他也是一个作家。对于这样一位新文友，我是关注的，凡彩文贴出的诗歌，我都要打开来细心地欣赏一番。我喜欢诗歌，特别是那些隽永、优美的短诗，常常反复吟读，爱不释手。在彩文的诗歌里，在个别诗句中，我能感觉到他对中国传统诗歌的继承。后来，我向他约了一组诗歌，大约30首吧，全部编入了一个地方小刊。在这组诗歌里，我读出了他抵近灵魂的吟哦，寻找皈依的无奈；也读出了他血脉流淌的热烈，心口奔涌的真情。

几天前，他说要出一本散文集，我稍感诧异。没想到，彩文还创作散文，且已到了能够出集子的地步，这可不是一年两年的道行而能为之的事情，一定是他坚持文学创作数年的积累。我记得，自己在出第一本散文集的时候，已是文学创作好几年才有的成果；又过了四年，出第二本，其实还收集了第一本散文集里的不少篇什，同时夹杂了多篇小小说，算是个“杂本”。能够出一本纯真意义上的散文集，没有五年以上的创作积累，怕是编不成册。由此，我对这个新文友更加刮目相看。

通过微信，彩文给我转来了他的10多篇散文作品，我开始翻看。通过阅读，在这部分散文作品中，我还不能对彩文的散文创作已经到了什么高度、处于什么水平，做出精准的评判。但有两点较为突出：一是我读出了彩文总在试图寻找新角度、探寻新路径。如他的《神木，一块神奇的地方》《故乡那一抹绿》《千古风云石峁城》，就显现出了另辟蹊径的探索。大凡神木作家，人人都写过家乡神木，以这样一个大题目来写，无非就是“亮宝”式展示，像“摆杂货”一般，讲述神木得天独厚的煤炭、忠勇爱国的杨家将、中华文明前夜的石峁城、中国最大沙漠淡水湖红碱淖等。而在彩文的《神木，一块神奇的地方》这篇散文里，他竭尽全力地给我们翻捡着不为人知或人们熟视无睹、不以为然的神木之“神奇”。他写道：神木这个地方，要说它的神奇，确实有很多事情是让人匪夷所思的。首先说，一个人从小娃娃起，就被家中大人，叫来村里或村外的神官，把孩子给“保锁”（保锁之意就是让神灵护佑）起来。只有把孩子让神官保锁，大人们才会放心，孩子才会在神灵的庇护之下平安健康地长大……被保锁的孩子，在每年的正月初或七月十五左右，大人们都要去神官家里祭拜……神官自保锁之日起，每年会给孩子脖颈拴一根象征平安吉祥的“红头绳”，以示神灵时刻护佑。这样的祭拜方式一直要持续到孩子十二岁为止。据神木民间相传，人上了十二岁魂魄就全了，神鬼也就不会再来骚扰。

再说他的散文《千古风云石峁城》，我读过不少写“石峁”的文章，有好些篇什要么是“掉书袋”，即大量引用其他文本；要么就是写一些虚无缥缈的东西，华而不实。他却写道：……自记事起，石峁城就像一座金光闪闪的宝藏，吸引着无数盗掘者跋涉千里来到这里。每当村民们在闲暇时间念叨起石峁出土的珍奇文物时，心里总是惊奇感叹，而后像撕裂自己的神经一样在隐隐作痛。而流散在海外各大博物馆的几千件精美玉器，确切地讲，就是这些盗掘者贩卖所为。而当石峁玉器在海外早已登上“大雅之堂”时，我们却蒙在鼓里浑然不知……记得小时候，村民们种地就在石峁城的皇城石疙台上，但是人们谁也不愿意去这块被认为是“皇城台”的地上去耕种，因为以碎石构筑的整个石峁皇城，耕作起来太费事了，犁铧进入地里的瞬间，就会被碎石绊坏，所以分到手的“皇城台”，村民们都不大喜欢，内心显出凄苦。在贫穷落后、交通十分不便的陕北，靠天吃饭一直延续了几千年。即使分到手的“皇城台”，不能用牛和马耕种，人们也会用镢头一下一下把地翻起播种，生存问题是埋在他们心头最大的苦恼与隐痛……在石峁皇城的中间地段，村民们一直闲谈的一个地方，叫“皇城石湾”。记忆中，这里一直是正义与邪恶之间较量的地方，是赌徒与警察来回周旋的区域。在陕北，耍赌和信天游一样源远流长。在明清时期，因为赌博卖地卖房卖老婆的事比比皆是。因为此地幽静且有一磨盘大的青石背靠整座石峁山，人坐在青石盘上，就能将沟底一览无余，所以玩赌的富家子弟们，大多都是去“皇城石湾”，昼夜吆喝，掠夺钱财……

这些信息在其他文本中是很难找到的，属于“独家披露”。我认为，彩文这么写是有意义的，他比那些空想或者翻捡已被很多人翻过不知多少遍的“古纸堆”般的作品价值更大。他给我们提供了“石峁”鲜为人知的民间故事，丰富了石峁的前世今生，让人们看到了远古的、废墟的石峁，其实以另一种方式活着，不间断地被人们惦记着。这又何尝不是石峁之所以“神奇神秘”的另一个版本？如果我们能够在彩文提供的这些信息上，再有所挖掘、有所思考、有所创作，几千年来无言的石峁就会在我们笔下发出不一般的声音。在这一点上，神木籍实力派作家苗雨田先生已做开拓尝试。他创作的长篇小说《石峁》，据说就是从今人盗窃石峁废墟里的古玉写起的。该长篇小说已入选首届陕西省作家协会主题创作扶持项目。

几年来，我除了为石峁写过一首五十言的古体长诗外，就是在其他文章中插入了讲述石峁的片段。我总想给石峁写一篇有些分量的散文，但总感笔力虚脱、无从下手。一是，我不想大量引用；二是，我不想无中生有；三是，我不想异想天开。石峁筑城于4300年前，是人类文明的前夜，没有文字、没有记载，甚至连远古神话、民间传说好像都没有找到只言片语。检索中国现存古籍，同样没有发现与石峁有关的一个字。所有的信息和推断，均来自考古，来自那些默然无声的城垣废墟，那些发掘的石头、古玉和图案雕刻。仅凭这些东西，就能够推断出石峁是“华夏始祖轩辕黄帝部族都城”吗？这可靠吗？我看到专家对此也模棱两可。一个史学家的职业操守应该是还原历史、遵从历史的真实，不妄言、不诳语、不臆断。专家说，要搞清石峁需要一百年。我们不能够因为时间长就焦急，非要把她异想天开地抬到一个什么位置，这是不严谨的。我想，随着石峁考古的深入，随着大量文物出土，石峁或许哪天就会揭开她真实的神秘面纱。但文学艺术完全可以想象，仅凭彩文这个散文里记录的石峁的真实信息，有大能力的作家完全可以创作出一部好小说来，把神木石峁故事讲成中国好故事，让石峁因文学而更加名扬天下，这是神木作家的责任与义务。

二是，从彩文的散文里，我读出了小说的味道。我没有看到过彩文的小说作品，我也不知道他究竟有没有小说创作经验，但在他的几个散文里，我或多或少品出了小说的韵味。如散文《生命的空灵》，他写道：一次在老家听一位晒太阳的李爷爷讲述天年的收获时，他说庄稼也是有天命的。每年正月初一，朝阳还未出山，天空浸漫成无际的苍穹，惺忪的太阳还未睡醒时，他就爬上山的顶端，观看一年的天年情况了。有时他会看到灰暗或迷蒙的晨霭，有时也看到一望无垠的碧蓝天空。根据这些天象，他就知道今年庄稼的丰收情况……有时候，快吃到嘴里的粮食，突然遭遇一场冰雹，所有的收成都白白送给泥土，这是苍天对人们的苛刻。风调雨顺时，该下雨就下雨，该刮风就刮风。没有风，即使背到谷场上的庄稼，因为两场雨而霉腐，只能让辛勤的农人欲哭无泪；没有顺畅的风，端在肩膀上的粮食，也只能端着，要等到有顺畅的和风，才能把粮食吹利索……这种描写与讲述，给散文带来了一种鲜活与立体的感觉，像进入了多维画面，我喜欢。当然，彩文的散文还正处于成长期，面对一个选题，他应该更加努力地去写透彻、写丰满、写足劲。我希望看到他更好的陕北题材美文，特别是那些一直让他耿耿于怀的乡间烟火故事。

近二三十年来，神木齐蓁蓁地出了一批作家，特别在散文创作领域，群峰骤起，佳作迭出，流光溢彩。有多人、多篇登上《人民文学》《人民日报》《中华散文》《散文》等中国顶级报刊，有的还被《散文选刊》、中国作协年度选本收选，被中小学生课外读物、各类考题选用，成绩斐然。今天，如果精选一本神木作家散文选，我自信，这个选本即便放在中国当代散文书架上，也完全能够与那些大家、名家作品集并肩而立，毫不逊色。

彩文的散文也正在跻身其中，且实力递增。我也相信，他会用自己敏锐的文学艺术感悟，在纷繁浩叠的陕北散文、神木散文中，继续寻找出自己的新视角，调出自己的好焦距，写出看似寻常却能够放射新光彩的好作品。彩文，彩文，这名字好啊，望他更加努力创作，为家乡、为我们送上更加出彩的陕北美文！

2020 年 12 月 30 日

目　录

第三辑　生命的空灵

第四辑　文学，从未离开过

第一辑　故乡那一抹绿

我会感谢故乡馈赠我的绿意，每次在回乡的路上目光所及，总能给我以温暖的纯绿色，它是那样的暖心柔和，那样的亲切静谧，它会洗去我的千愁苦闷，仿佛穿越到另一个世界，暂时隔断世事的纷扰与喧嚣，抚慰我疲惫不堪的忧伤灵魂。

故乡那一抹绿

踏上故乡蜿蜒曲折的山路，心儿也绿起来了。故乡绚丽多姿的景色，直沁心脾，在思念的海洋之上泛起层层涟漪，我的心一直在那抹绿意中荡漾着……

那郁郁葱葱的山峦，染绿了我的心海，一直盛开的野花翘首企盼，等待着我风尘仆仆的归来，酸枣树，香椿树，榆树……一个个绽放着妩媚热情的笑脸，它们绿茵茵的脸庞面含羞涩，在微雨中显得那样耀眼、精神与活泼。

故乡的绿不是油漆颜料的绿，更不是少女绿衣裳那种漂染色的绿，它是纯天然很自然的。

那种绿，更不是用水彩笔涂抹的绿，它绿得浑然天成，绿得不同寻常，绿得赏心悦目，让人心悦诚服。它是造物主美的代名词，是绿中的精华素。

故乡的绿，不同于别的地方的绿，是没有被工业浓烟熏染过的绿，绿得坦荡温婉爽心。这种一尘不染的绿色是温柔的、馨香的、静美的，没有被大机器轰鸣过的绿，没有被雾霾侵袭过的绿，它宛如闺房的少女，稍加撩拨爱就肆意泛滥起来。

看吧，每一个小土苔上都长满了绿，每一块大的沟壑、梁塬、坡洼都被绿色沁醉，绿了整个山川小溪，你不得不感叹这爽眼的绿意让人艳羡，连整个身心都绿意盎然起来了……

这样的绿色，你在世界别的地方是很难找到的，它是属于故乡的绿，是最原始的绿，最质朴的绿，不能复制，不是刻意装扮，它是唯一的、绝无仅有的，在我的内心深处也是最后的。

我会感谢故乡馈赠我的绿意，每次在回乡的路上目光所及，总能给我以温暖的纯绿色，它是那样的暖心柔和，那样的亲切静谧，它会洗去我的千愁苦闷，仿佛穿越到另一个世界，暂时隔断世事的纷扰与喧器，抚慰我疲惫不堪的忧伤灵魂。

坐下来凝视山崖上随处生长的酸枣树，一簇一簇在繁衍，枝连着枝，根连着根，它们像商量着一起在生长，个个伸直了腰，攒足了劲，冒得高高的，扶摇直上。身上缀满油亮可人的果实，宛如夜空中挂着闪烁的繁星，那样璀璨晶莹，这是难得一见的鲜绿色。略显红晕酱果色的果实，它的成熟期还没到，要等到农历八月，那时一个个就会像红灯笼，酸酸甜甜压满枝头。

夏季雨水多，野花野草像浇上仙露一样，飞快地生长。花草已齐腰，每走一步都要看着地面方可落脚，生怕鞋底伤害到它们。它们都是为增加故乡的绿意，争先恐后赶来的。

这份让人陶醉的绿啊！让我倾心让我迷恋，让我痴醉，我该怎样来感激你呢？我只有把自己的脚步在未来的路上走得慢一点、实一点，走得有力一点，才能与你高昂挺立的身姿并驾齐驱相得益彰。你的绿色让我感动，让我感到生命的美，感到活着的意义与价值。

故乡的绿，带给每个回乡人内心坦然自若气定神闲，带给每个人信心与力量。

故乡那一抹绿是纯粹的、无私的、诚炽的，它始终为归来的游子们，奉献上自己最优秀、最虔诚、最亮丽的色彩。

古长城·大漠·我

我的家乡坐落在古长城脚下。古长城用它坚实、宽厚的两臂阻挡着席卷而来的黄沙和东碰西撞的西北风。

我永远深爱着家乡的那古长城。那古长城脚下缠绕着我童年的欢乐，留下了我儿时的欢声笑语。天真无邪的童年时光大多都是在古长城下度过的……

我也永远深爱着绵延几百里的大沙漠。每个小沙丘都会泛起我心中的涟漪。大漠时常在梦中向我悄悄地涌来，用它那慈母的温情，抚摸着我的脸颊。

那时，我八岁。

八岁的年龄是无忧无虑的，只会用一种好奇的目光去注视世界，去爱世界中的一切。晚上，奶奶抱着我，在院子里望着会眨眼的小星星。摇着我唱起歌谣："月儿圆圆分外明，孟姜女丈夫筑长城……"我歪着脑袋问奶奶："孟姜女是啥人呀？"那时奶奶抬起头望着苍穹告诉我："那古长城脚下埋葬有许许多多的穷苦人。"答非所问，我很纳闷！

当我和爷爷一起赶着老牛走过大漠时，我看见了几块白骨，我拽着爷爷的手问："这是啥呀？"爷爷长叹一声告诉我："这是家乡祖祖辈辈劳动人民的骨骸。"我听后心中平添几分伤感，无由的泪花盈满眼眶。

伙伴们叫我，我丢开手中的牛绳，便和他们一起去溜沙坡。在那温暖宽大的沙妈妈怀抱里，我和伙伴们你拉我，我抱你，连成一长串，欢呼雀跃劲儿陡增。伙伴们对我说："这风沙很坏，年年都要埋没家乡的田园。我们长大后，一定要再筑一条新长城，不能再让它逞凶了！"

一晃十多年过去了。我再次登上古长城，极目四野，那时的古长城早已淹没在一片绿意中，隐隐约约藏头露尾。我忙奔过去，摘了一片树叶，送给儿时的伙伴，他们争着告诉我："国家很重视家乡的绿化建设，已经把家乡作为重点绿化山区。"我瞭瞭大沙漠，瞧瞧古长城，简直喜不自胜，一种人定胜天的豪情油然而生。

我爬上软绵绵、热乎乎的大沙漠。大漠——多似慈母的温情啊！我挪上一尺，溜下五寸，反复之中，我终于明白：噢，大漠是在考验着我——没有坚强的意志，经不起失败就别想爬上顶。

望着古长城的雄姿，瞭着被染绿了的大漠，我心潮澎湃。爬上爬下，默默地聆听着古长城鸣奏的狂想曲。我听出了"狂想曲"的主旋律——"人定胜天"，"今人定比古人强"！

哦，伴我成长的古长城与大漠——我爱你！我更爱那有着古长城般坚强意志，大漠般宽厚胸怀的家乡人民。

千古风云石峁城

在苍茫辽远的陕北，历史的长河总在这块沧桑厚重的土地上，留下它诡秘的踪影，在浩瀚如烟的岁月当中，一座沉睡有四千多年的上古城址，终被世人发现。

它是人类史前文明的丰碑，照耀着中华璀璨的文明历史，改变了人们对于上古早期中国文明格局的认识；它是中华大地上的一座灯塔，指引着中华儿女在一次次波澜壮阔的历史风云中，无畏艰辛顽强拼搏，让中华文明一直屹立于世界民族之林。

最早揭开这座四千多年古城神秘面纱的是：1928

年天津《大公报》的报道。可惜，当时国难当头，山河凋敝，没有引起人们足够的重视。直至1976年，西北大学考古系教授戴应新先生在山西考察时，无意间听到有人说陕北石峁出土有大量玉器，先生才马不停蹄地从山西辗转至石峁，并在神木市高家堡镇的废品回收站购得石峁周边村民的112件玉器。这才算是真正意义上用实物见证了石峁皇城的真实存在，也拉开了探究这座神秘古城的帷幕。

我是神木人，是出生在石峁皇城脚下的、在文学道路上奋战多年的人。自记事起，石峁皇城就像一座金光闪闪的宝藏，吸引着无数盗掘者跋涉千里来到这里。每当村民们在闲暇时间念叨起石峁出土的奇珍异宝时，心里总是惊奇感叹，而后像撕裂自己的神经一样在隐隐作痛。而流散在海外各大博物馆的几千件精美玉器，确切地讲，就是这些盗掘者贩卖所为。而当石峁玉器在海外早已登上“大雅之堂”时，我们却被蒙在鼓里浑然不知。

从某种意义上讲，一件文物或一座古遗址，都是先民们留给世界的精美礼品，他们都是全人类的共同财富。石峁皇城也不例外，在以东亚北方为中心的远古时期，在以神权、皇权、王位一直统领的朝代更迭过程中，石峁皇城应是以北方为经济政治中心，不可或缺的一次伟大文明。

记得小时候，村民们种地就在石峁城的皇城石疙台上（就是已经发掘出来的皇城台），但是人们谁也不愿意去这块被认为是“皇城台”的地上去耕种，因为以碎石构筑的整个石峁皇城，耕作起来太费事了，犁铧进入地里的瞬间，就会被碎石趾坏，所以分到手的“皇城台”，村民们都不太喜欢，内心显出凄苦。

在贫穷落后、交通十分不便的陕北，靠天吃饭一直延续了几千年。即使分到手的“皇城台”，不能用牛马耕种，人们也会用镢头一下一下把地翻起播种，生存问题是埋在他们心头最大的苦恼与隐痛。

在二十世纪五六十年代，国家经济还十分贫弱，没有力量进行有效保护。石峁皇城以及周边面积较小的遗址上，据村民们讲，盗掘出大量碎银瓷器等，都让盗掘者一概扔在山沟。最受他们热衷的是金器玉器等物品，也是他们最垂涎的宝物，而流散于美国、日本、英国的精美玉器，大部分都是在这个时间段盗贩出去的。无良的盗贼给这座伟大的皇城造成了巨大损失，蒙上了挥之不去的阴影。

《山海经·海内经》：“北海之内，有山，名曰幽都之山，黑水出焉。其上有玄鸟、玄蛇、玄狐蓬尾。有大玄之山。有玄丘之民。有大幽之国。有赤胫之民。”远古时期的陕北，水草丰茂，绿树成荫，山中有各种各样的动植物不足为奇。人类文明的发展，离不开河流，人类都是逐水而居的。尤其是在陕北，每一条较大的河流上都存在着一个或两个较大的区县，每一条小河上也都端坐着一个镇或乡。在古代的石峁皇城也是一样，前后奔流的秃尾河与洞川沟，将整个石峁皇城环抱怀中。你不得不承认，石峁人是如此的精明智慧。在上古时期，洪水肆虐的狂躁期，“大禹治水，三过家门而不入”的典故，现在想想，山洪如猛兽般的大自然，它的破坏力该有多么的强大。这也是为什么石峁先民要把城址选在高海拔的根本原因吧。

在石峁皇城的中间地段，村民们一直闲谈的一个地方，叫“皇城石湾”。记忆中，这里一直是正义与邪恶之间较量的地方，是赌徒与警察来回周旋的区域。在陕北，要赌和信天游一样源远流长。在明清时期，因为赌博卖地卖房卖老婆的事比比皆是。因为此地幽静且有一磨盘大的青石背靠整座石峁山，人们坐在青石盘上，就能将沟底一览无余，所以玩赌的富家子弟们，大多都是去“皇城石湾”，昼夜吆喝，掠夺钱财。

在以石峁皇城为中心的北方部族社会，据权威考古测算，该城址至少存在了五百多年。可以推断石峁皇城不仅仅是尧舜禹之帝的居住之所，以古人普遍寿命偏低之下，以二十年为一个辈分传承，该城址应该在“王”的统治下，至少传承有二十多位石峁主人。皇城台上居住的大酒司、大巫神都是有相当权贵的人，他们掌管着与天神互通、农业及物料的合理配送（周边小部族生产的农作物和其他珍贵物品都要向石峁皇城纳贡）。

在以女性为“国家”最高统治者的部族社会，女性是社会中的稀有资源，是石峁人对外掠夺的宝贵财产，杀死俘虏回来的年轻女性，就是切断敌人的有生力量。石峁人自己的女性是绝不允许走出城门的，只有凭借外面男性纳贡的多少，由最高统治者决定一个男人的生育权。适者生存的大自然法则，在石峁皇城显现得淋漓尽致。勇敢顽强、高大威猛的男性，是最受他们欢迎的。

站在4300多年的皇城台上，望着400多万平方米的偌大城址，你不得不惊叹古人的毅力、智慧和力量。“石破天惊”，在考古界如平地一声惊雷，引起海内外强烈震动，把外国人认为中华三千年的文明史，足足向前延伸了一千多年。这座东亚最大的史前城址，面积远远超过年代相近的山西陶寺遗址（280万平方米）和湖南良渚遗址（300万平方米）。石峁皇城正在一步步改写着我国上古文明的起源史。

新文明文化史理论创建者流波在《源》中论述人类文明最早发祥地时指出：作为人类文明的总发祥地，必然有着最早的文明基因，环环相扣的文明积淀，生生不息的源头活水。石峁皇城无疑是最有说服力的古城址，从遗址出土的大量实物：骨针、骨哨、陶鹰、壁画、石雕刻以及大量精美玉器等，都翔实地证明了它久远的辉煌文明，尤其是以大量年轻女性的头颅作为祭祀方式，以瓮城马面作为筑城方法，更加突显出石峁皇城是文明发祥地的不争事实。

现在石峁皇城发掘已经整整十个年头了，后续的发现还在继续，各种论述在学术界与考古界争议不休、议论不断，石峁皇城像谜一样的面纱相信在不久的将来，会给人们一个满意的答案。正如沈长云先生所说："这座古城所蕴含的考古文化分布的范围及其附近地区，应当是黄帝时期。"我们暂时还不能确定是哪个主人的王城，但它带给人类的大量信息，已经足够让我们震惊不已，为我们探寻远古时期人类的生存方式提供了有力的佐证，让我们知道中华民族的根究竟在哪里，这才是最重要的。

回想从前一直裸露在风雨中的石峁皇城，一直被盗掘者肆意掠夺的石峁皇城，看看现在的石峁皇城，层峦叠嶂雄伟高大，整个石峁皇城巍然屹立在被保护膜覆盖的半空，让人心潮澎湃、热血沸腾。

相信在新的文明与文化史观被越来越文明的考古发现所印证，将会有更多有文明智慧的文史学者加入中华文明与世界文明的行列当中来。

石峁皇城上的石头漫山遍野，它们像苍穹中的繁星眨着深邃的目光，期待着人们去探究发现和揭秘，漫山舞动的红旗迎风招展，像是迎接世界接踵而至的每一位宾朋。

此刻天空中涌动出朵朵白云，它像黄土地上游动的羊群，更像扎着羊肚子手巾的陕北民众，他们并肩站立，翘首张望，热切注视着这座千古城堡。从斑驳陆离的墙缝中穿越而过的千年古风，那是一股曾经石峁人刚烈雄性的呐喊之音，是中华民族自强不息、百折不挠、永不止步的中华魂。

走向神木

每走向一个陌生地方，我都会静下心来仔细琢磨这个地方多年来一直蕴藏的文化底蕴，我会在斑驳的历史碎片中寻找到那久远残留的痕迹和存在的尘封印记。

假如你走向神木，就会有一种古朴、厚实、宏大的历史脉络，缠绕在你的视野，长久得不能散去，只能在你驿动的心坎上一次又一次剧烈地跳动。这是一种怎样的心境啊，神一般的魔力，让人们在这块贫瘠、厚重、裸坦的土地上繁衍生息，亘古不变地延续下来。

神木人说话的语气、神情、腔调，都会让你的灵魂战栗起来的，神木人有时发起脾气来大得吓人，让铮铮铁骨的汉子也感到望而生畏、退避三舍。可不要和他们去硬碰硬，硬着头皮向上扑腾，那是自寻死路的节奏，神木人那种九头牛都拉不回来的犟劲，让人不寒而栗心生怯意，这也是你确确实实把神木人惹恼的时候。当然了，神木人在大多时候，都是和风细雨、风平浪静的，语气也是非常温和舒适的。

走上一座山，无论是二郎山、无量山、叠翠山还是靠近黄河的天台山，无论山的神态怎样，当有诸神在山门把守，坚守着山体最起码的威严，逢年过节，供品香火自不必说，人流如织、络绎不绝。这是山的威望和风骨，那份虔诚、信仰和热烈，让人心生敬畏。神是山的魂魄，山是神的肉体本身，二者在灵魂深处融为一体，达到统一。

把大地比喻成母体，那一座座生长出来的岩石，就是肉体上的骨骼，是大自然的精气和钙元素。有山的地方，风也会强劲硬朗，这和人的脾气性格多少有点类似。江南的大平原，很少有这样剧烈肆虐的风声，包括雨也是轻柔的、缠绵悱恻的。而神木的风和雨，大多都是迅猛、干练、掩耳不及的，和硬汉子一样横冲直撞，由不得你去轻易侍弄。

在神一样充斥的空气之下，冷峻的山峰，千疮百孔的沟壑自不必说，各种沟、峁、洼、塔、崖、滩、岔等以地貌形态作为名称，稀奇古怪地散落在神木这块土地上，告诉着人们，这是一块别样的土地。神木的神奇，在河畔上，在土崖间，在山峁的顶端。你去问问那四千三百多年的石峁皇城，嘶吼过的诡秘影踪，就连任何史书上都没有详细记录它的雄浑壮阔；你去问问那昼夜流淌着的窟野河、秃尾河、洞川沟，在奔涌不息的浪涛声中，历史的篇章，是否在它双眸的柔波里翻阅过，激流勇进的浑黄色河水，已变得清澈透明；你问问红碱淖的红嘴遗鸥、毛色艳丽的鸳鸯，飞翔在海水里沙滩上，尽情歌唱；踏入神木城的南大街，古老质朴的城墙，不用手摸，就会让你热切的双眼穿透历史的迷雾，在尘风中响彻云霄。五百年的高家堡古镇，北宋良将杨门父子，一再诉说着历史神奇的过往，那云烟滚滚，金戈铁马，让多少世事，在传唱与激昂，在历史的上空回荡。

走向神木，你会情不自禁地迷糊起来。酒是这里的乳汁，“酒不醉人人自醉”，“西出阳关无故人”，一种千愁心结，荡然无存，快乐缠绕在歌声里，信天游、酸曲、酒曲每一句都在迎接着远方客人的好奇与惊讶。你仿佛早已穿越到另外一个无人之境，人仰马翻，甘愿受罚。这是神木的酒文化，一种气壮山河的豪情，让人震撼激动。

走向神木，与榆阳区相隔的大保当工业文明，如雨后春笋日新月异，昔日的黄沙，变为郁郁葱葱的绿洲，穿行在工业文明大道之上，现代化工业竞相迸发，工业革命焕发出强劲活力；大柳塔的煤，万镇的枣，锦界的工业与农业遥相呼应、相映生辉，都在倾诉着不一样的新神木。在富民强农的潮流引领之下，走向神木，你就走进一片富裕文明新奇之地，不相忘自难忘。

神一样的土地，孕育出神一样的人们。这里无论是男人还是女人，走在山野里，走向城市的繁华喧嚣，都有一种沉稳内敛、刚毅质朴洋溢在脸上。这种来自高原的风采，来自河流中的神韵，别的地方没有，只有在神木才能展现出来。上帝之手是公平的，早在远古时代，就在这片热土的上空，凝聚出一团仙气，烟雾缭绕地幻化，成为现代工业不可缺少的支柱——煤炭。这是神的造化，是悲天悯人的上帝在庇护，在上帝的身体里孕育出的一座聚宝盆。看那一列列火车像水里迅捷的鱼儿，在神木的周身穿梭，千年的等待变为伟大的工业文明，怎能不让孕育者欣喜若狂呢！

在山石之上，在河底之水，沙漠与水不相干的事物，就发生在神木，这注定是一片带有魔力的土地，不一样的人间奇境。

漫话神木

走向沧桑厚重的大西北，你就有一种欲哭无泪的感觉。

走向沟壑纵横的陕北黄土高原，你就有一种直舒胸腔，震颤的灵魂在自己内心叩问。

当你走近神木赤裸的山峁，一股雄壮野性的悲怆，像斯巴达克式的斗士，激昂起你的雄浑壮阔。你看着这片干瘪饥渴的土地，情不自禁地泪流满面失声恸哭。

那些被岩石与黄土分割清晰的画面，像在褶皱的大地身上扎进去一把把利刃，雕刻出周身最原始的青筋与血脉，神木的苍莽、壮美、雄性就直逼在你的眼前……

在整个大西北，可以说，并没有真正意义上所谓的川，更没有一望无际的平原，偶尔零星的川，其实就是所谓的塬了。

神木城就坐落于一块塬上。

它的形状像一弯皓洁的明月，川流不息的窟野河刚好将它揽入怀中，形成真正意义上的神木城。

初来乍到，登顶雄伟陡峭的二郎山，你能一览无余地看到，神木城像端坐在一块巨大的岩石之上，一河之隔的二郎山像被它用双手高高地托起。

神木民风素来淳朴，上了年纪的老神木人，口头禅是“老羔羔”“老命命”之类的称谓，这不是骂人的话，这是他对你的亲昵，是对你疼爱有加、呵护备至的意思。神木人是，你借他升米，他会还你斗米的人，这种英雄式的感恩方式，类似于战斗民族俄罗斯人。并不是俄罗斯人就爱打仗，而是他们性格剽悍，做事果断，又爱豪饮，这种史诗般的性格特征，与神木人的热情似火、性情刚烈多少有点相似。但是你要捣鬼溜皮、偷奸耍滑，那你就等着瞧吧，他们最不待见这样的人，可以说是深恶痛绝的。

其实，说到神木，它的南北差距是蛮大的，无论是经济发展水平，还是语言交流上，虽属同一个县市，但是神木的地域辽阔，南部接近山西的西北部吕梁，北部和内蒙古自治区的鄂尔多斯市接壤，是农耕与草原过渡地带，蒙古族与汉族接合部。北部有煤，而南部仅靠农业维持生计。当然，在语言沟通上，南部说话接近山西口音，北部带有浓重的内蒙古腔调。这让人一下想到塞浦路斯人，塞浦路斯虽然位于亚洲，但属于欧洲国家。塞浦路斯纯朴的民风一度引来好多欧洲人的羡慕。他们“门不闭户，夜不遗失”。生活在塞浦鲁斯的人，上街坐公汽不用担心手机、钱包被盗，甚至在居民住宅区和旅馆也不用安装防盗窗，大街上的警察很少上岗执勤，这样所处的地理位置以及纯朴厚道的民风，和神木有些类似。前几十年，在神木农村，你不用担心家里的东西遗失，更没有人去你家偷鸡摸狗，大门敞开三天三夜也丢不了一根针。现如今，由于大量外地人口的涌入，民风已大不如前，但神木人在骨子里所散发出的憨厚质朴和善良却难以消失。

不管是南部还是北部的神木人，都是在沟沟岔岔里走出来的，他们那种与生俱来的脾气性格是不会被岁月磨灭的。包括神木有钱的煤老板，衣着打扮依然像一个农村沟岔里钻出来的老农民，你感觉不到他们身上有有钱人大商人的派头，平平常常、非常朴素的装束，给人一种寒酸邋遢的形象。相传，神木的一位煤老板，去省城购房，售楼部的小姐硬是把门堵住不让他进，老头好说歹说，终于进了售楼部，可打扮漂亮的售楼小姐，连瞧都不瞧他一眼。老头坐定后，问小姑娘，你们这儿的楼房卖多少钱，小姑娘说一平方米一万五千元，并且用不屑一顾的眼神瞟了一眼老头，“给你说，你也买不起”，售楼小姐轻描淡写地说着。老头对小姑娘说道：“小姑娘，你们这栋楼我全买了。”售楼小姐还是不相信老头的话，老头在自己还算整洁但略显朴素的上衣口袋里掏出银行卡，让小姑娘直接刷卡转账时，小姑娘看见银行卡的数字时，刹那间差点把自己给吓晕了。她长这么大，还没见过这么长串的数字，更没见过有这么多钱的人。小姑娘赶紧叫来另外几个售楼小姐，帮忙给老头把热水倒上。不，是拿出好茶给老头泡上，自己赶紧跑上二楼报告给当班的经理，经理又叫来老总，老总下来握着老头的手，非要请老头吃饭不可。老头在办理完购房合同等一系列手续后，头也没回地走了。售楼部的所有人员跑出门外，看见停在不远处有好几台奔驰、路虎等名车，在等着老头，老头上了其中的一辆，一溜烟地跑了……

这就是神木人。神木有一句方言，“穿得烂，走得慢，扁食疙蛋家常饭”，简单明了地阐述了神木人的生活情趣。其实，神木人是最不讲究情趣的人。

他们不伪装、不做作，不狐假虎威，他们很平实地过着自己的生活，只求实实在在做人，踏踏实实做事情。

我们生活的这个时代，物欲横流，人心虚弱，尤其是在网络充斥整个社会形势之下，人心虚无迷茫浮躁，狂妄肤浅，而神木人让你在短暂的接触之后，感受到做人做事的真实意义与内涵。勤劳与质朴、宽厚与善良永远是我们中华民族所追求的人生价值，是我们中华儿女的脊梁和灵魂，是与这个时代，人们所追求的真善美是一脉相承的，受人敬仰的。

神木人在这一点上是有底气、有力量的。

神木三条河的绝唱

世界上的大江大河究竟有多少，没有人能完全统计出来。像埃及的尼罗河、俄罗斯的顿河和伏尔加河、美国的密西西比河……不胜枚举。河流贯穿了人类的生存领域，孕育出璀璨的文明，每一条源远流长的河流，都是人类历史文化的发展史、奋斗史，每一滴河水都是上天赋予人类深情的眼泪，没有水人类无法生存，没有水人类也无法在土地上进行繁衍生息。

以河流命名的国家；以河流命名的地名；以河流释解的文化数不胜数……

今天要说的是发生在神木境内的三条河流。

窟野河

窟野河，黄河的一级支流，入黄的八大水系之一。它发源于内蒙古东胜巴定沟，流经伊旗、府谷一直向东南方向，进入神木市大柳塔镇石圪台境内。在内蒙古称乌兰木伦河，神木境内叫窟野河。“窟”在北方注解为“穴”，或者类似于窑洞的意思，形容为大。静静流淌的河水，养育了麟州五十四万儿女，人们在晴朗的夏日，在河水边嬉戏玩耍，冬天在河面上滑雪溜冰，利用清澈的河水灌溉农田饲养家禽。

每年在窟野河雨季来临时，人们都要提前防洪抗汛，以免生命财产受到损失。

从古至今，人类都是逐水而居的。人往高处走，水往低处流。每一条河流，都是在位置相对低洼的地段经流，窟野河水就在河床的下面，昼夜不息地经流着。

窟野河，在海拔一千多米的鄂尔多斯高原出发，一路逶迤向南，穿越莽莽群山沟壑，在声声嘶吼声中狂奔向麟州大地。窟野河像夸父的雄壮手臂，环抱神木城，抚慰着这里的万千苍生。

在夏日平静的河水中，波光粼粼风光旖旎，令人流连忘返。

但也有愤怒、狂躁、粗暴的时候。

看吧，雷声轰隆轰隆连响几下，豆大的雨点在黑压压的乌云深处降落下来，转瞬间，便像扳倒的大水桶，一个劲地往下倾泻。此时的天空，已分不清远近与高低，雨水像瀑布直抵大地。九龙大道上的洪水，不经过二中路口就直接在滨河大道上俯冲下来，远远看见，小汽车一个个像乌篷船一样在滨河大道上艰难地游动，三三两两的人们像落汤鸡一样焦急地等待着救援。

窟野河的水已暴涨起来了，在雄浑浩荡的激流声中，磅礴的洪水奔涌而下，暴躁的水流顺着水势溅起雄壮的浪花，你能远远地嗅到散发出来的土腥味。奔在最前面的洪水以及随后凶猛的浪涛，像愤怒嘶吼的野蛮牛群，越过二郎山大桥冲向对岸。奔腾的洪水，冲撞着两岸河田，一路狂奔向南而去……奔涌的洪流中夹杂着煤块，裹挟着木头树根以及大大小小的木屑，浩浩荡荡地扬长而去。窟野河以雄浑壮阔的气势，上演了一场惊心动魄的大自然诡异与神奇。

直至现在，人们提起这场暴雨，还在心惊胆战。一直在心里嘀咕着，这一场突袭的大暴雨，让人们猝不及手。每每遇到阴云密布、雷声大作，人们都会情不自禁地提醒出门在外的家人朋友，小心要来雨了。

窟野河在春冬季节是最平静安宁的，静得让你感觉不到它的存在，安宁得让你在它温柔的怀抱里肆意歌唱。

窟野河，一条神木人的母亲河，在沙峁镇头村汇入黄河，形成奔流不息的中华魂。

窟野河，一条神木人的生命之河。

窟野河，一条守护千万生灵的希望之河。

秃尾河

我一直在思索“秃尾”两个字的含义，静静流淌的河水，就在我的脚下轻缓流过。轻轻浅浅的河面，在泥沙沉积的河床上，像大漠身上的波纹，婆娑地漫卷起微细的淤沙……

秃尾河相传是一条没有尾巴的河，起源于天外，消失于大地的尽头。这让人感觉到很神秘的河流与洞川沟交汇，形成边塞重镇高家堡古城，形成辉煌、璀璨的人类文明发祥地——石峁皇城。

秃尾河，汉称圁水，后称吐浑河，明代起才叫秃尾河。发源于神木市瑶镇乡宫本海子村，在圪丑沟村汇流后形成现在的秃尾河。全长一百四十多千米，在佳县的武峁汇入黄河。

顺着秃尾河的河床一路向南，河堤两岸是生于斯长于斯的塞外人家，秃尾河千百年来一直静静地守护着河堤两岸的人们。

谁家发生了什么事情，秃尾河是最清楚的。它一刻不停地注视着这里的万物生灵，这是一条怎样的河流呢？会回报这片祥福之地，多少年来一直没有干涸断流过。

在高家堡镇上居住的人们，有的祖坟就在秃尾河的对岸，人们必须蹚过这条河才能进行祭祀。宽阔的河面，虽然多年来一直没有架设浮桥之类的建筑，但是无论春夏秋冬，人们都要穿着雨具，一次次跨过河流进行祭祀。

每一条河流，都会孕育出灿烂的历史文化。秃尾河一直滋润着这片热土——在秃尾河沿岸形成有三百多座上古时期遗址，在不到三千米远处，闻名遐迩的石峁皇城，就一直沉睡在它的怀抱里。

如果把神秘的秃尾河比喻成一位母亲河，那么中华儿女都是吃着它的乳汁成长起来的。秃尾河畔辉煌璀璨的文明，一直改写着人们对上古时期中国历史的认知。你不能说，这条河流是虚弱的、战栗的，巍巍中华，古老华夏就是在这样一条极普通极平凡的河流中孕育出来的。

高家堡古镇自古人才辈出，钟灵毓秀，文化底蕴深厚，一条河流足以让后人铭记于心，让远方的游子们魂牵梦系、牵肠挂肚。

秃尾河，人类文明的起源之河生命之河，映照着整个神州大地。

洞川沟河

在写完窟野河与秃尾河之后，脑海中有这样一条河，一直在盘旋游动，这条称不上河的河流，就是洞川沟河。

我写它，就是因为洞川沟河孕育出举世闻名、石破天惊、距今四千三百多年的石峁皇城。到达高家堡古镇，去石峁皇城时，你必须经过洞川沟这条河，石峁皇城的全身都被洞川沟河揽入怀抱。

洞川沟河也叫永利河。起“洞川”两个字，我猜想应该和洞川沟河岸上的李家洞有关吧。“川”就是平的意思，在李家洞村一道川下来，出了斜马沟村算是最开阔的地段了，而石峁皇城就在斜马沟村的正对面山梁上。

洞川沟河床不是很宽，多以岩石为主。可以说，石峁皇城巨大的建筑选用石材，都和洞川沟的每一块岩石有很紧密的联系。这里是一眼望不到边的岩石群，把黄土高原上满眼泛滥的黄土植被覆盖得严严实实。这里的路，都是从岩石上凿出来的。你不得不感叹，古人在没有炸药、没有现代化机械设备的情况之下，仍能开山破山去改造山河，征服大自然的能力，真让人惊叹佩服。

洞川沟的河水流量不是很大，但在四千三百年前，石峁人就是饮用洞川沟的河水，才使石峁皇城存在了五百多年。现在当你踏上这条充满神奇与血泪的古道时，山顶上还在嘀嗒嘀嗒地流淌着纯净的甘泉水。

山有多高，水就有多长。洞川沟河水不是很大，却滋润着河堤两岸摇曳的糜谷和高粱，哺育着一代代不屈不挠的洞川沟儿女。回首山间里童年纯真的往事，多少年之后，仍让人心潮澎湃、热泪盈眶。

洞川沟河，应该说是一条自强不息的河流。从麻堰渠村出发，在三里墩湾与秃尾河交汇。每一滴水都是地球人珍贵的眼泪。洞川沟河一路上仅凭自身或地下河床冒出的山泉水汇聚而成。每当雨季来临时，河面上的洪水还是很大的。你别因为它是一条小河而小觑了它，洞川沟河床都呈石头状分布，并且在石头上黏有青蛙衣，那是像光滑无比的冰面一样，一不小心踉跄一跤，你只能乖乖地瘫坐在水里。

在洞川沟河两岸居住的人们，大部分都在道路的对岸而居，所耕种的庄稼地则在河的两岸，所以洞川沟河，一是在人们的心里是一条跨不过去的河流。尤其是在夏天雨季来临，婆姨女子们，男人的宽厚肩背永远是她们最踏实的桥梁，老公背着自己的老婆，公公背着儿媳妇都是河上常有的事情。女人怕水，有的女人见水就眩晕，有的怕沾了凉水不会生养，也有的是故意报复一下公婆——专门挑选自家的公公背自己过河，以报复平日婆婆对自己的不友好。洞川沟河上的喜怒哀乐，一直在这条河流上千转百回地传唱着……

“蹚了一次浑水，你活了一回人”，

“不蹚这浑水，你白来世上走一程”。

……

洞川沟两岸的人们，谁也说不清自己在这条河上究竟蹚过多少回了。

夜幕下的洞川沟河，在静静地流淌着，日夜歌唱着这片酸甜苦辣的土地，歌唱着幸福与希望，一路向南逶迤而去。

洞川沟，我心驰神往的圣地。

神木，一块神奇的地方

在陕北之北，从西安出发行车六百千米左右，在越走越高的海拔山区，你就抵达了神木这块神奇而向往的地方。

据《神木县志》记载，相传麟州古城（今天的杨家城）东有古松三株，唐代所植，此树两三人合抱，枝柯相连，遮天蔽日，郁郁葱葱，堪称神奇。后来的人们就把这块神奇的地方起名叫作神木。

这样的叫法，多少给人一种神秘色彩，让人感觉有一种神明在无形中指引，而神木这个地方，要说它的神奇，确实有很多事情是让人匪夷所思的。

首先说，一个人从小娃娃起，就被家中大人，叫来村里或村外的神官，把孩子给“保锁”（保锁之意就是让神灵护佑）起来。只有把孩子让神官保锁起来，大人们才会放心，孩子才会在神灵的庇护之下平安健康地长大。如果不予保锁，孩子在成长的过程中偶有感冒、咳嗽之类的病痛，人们在心里总会有隐约的怨言甚至后悔——后悔自己没有把孩子照顾好。被保锁的孩子，在每年的正月初或七月十五左右，大人们都要去神官家里去祭拜，并且不管你手头上的事情千头万绪，还是纷乱冗杂，你都要亲自来到神官的灵堂（灵堂一般就设在家里）来祭拜，不能让神灵感觉到有任何的不满意。当然，在去的时候，避免不了要带点礼品——或羊或钱或烟酒之类的物品，这都是人之常情，在所难免的事情。神官自保锁之日起，每年会给孩子脖颈拴一根象征平安吉祥的“红头绳”，以示神灵时刻在护佑。这样的祭拜方式一直要持续到孩子十二岁为止。据神木民间相传，人上了十二岁魂魄就全了，神鬼也不会再来骚扰。所以在神木，一个人的十二岁生日显得尤为重要，通常家里的大人，给孩子过十二岁生日，都是相当隆重的，绝不亚于成人结婚时的典礼仪式。只有你长出十二岁，才意味着，你已脱离了幼年与童年，这是走向成人的一个重要分水岭。

说到神木的神奇，你不能不提神木的寺庙。不管你走在神木哪一个村落，都会看见若隐若现、大大小小，或在山顶或在沟底或在梁峁上的整洁明亮的寺庙，它像老翁一样正襟危坐，又像仙女超凡脱俗地伫立在显眼处。每一户姓氏都有自己的寺庙，每一户姓氏都有自己祭拜的主神。每年逢年过节，自己家族的主神都需要自己亲自去祭拜，都要去寺庙烧香磕头，这是对神灵的一种膜拜与敬畏。如果谁家有人去世了，首先要去寺庙里面磕头祭拜，意思是给龙王爷或观世音菩萨等众大神提前通知报道。这样去世的人到了阴间才不会受到责难和拷打。

神木最神奇之处，就是它的信天游了。当地人叫酸曲，是一种口语式的传唱。从前的神木交通闭塞、贫穷落后，在百无聊赖辛苦劳作的日子里，酸曲给神木人带来了精神层面的莫大慰藉，他们或歌唱爱情，或歌唱丰收，或歌唱希望的生活。

“你在哪个梁上，我在哪个沟，咱们拉不上哪话儿吆招一招手。”

“一对对的那个鸳鸯是水了上漂，人家都说是咱们两个好，你要是有哪个心事，咱们两个慢慢交，你要是没有那个心事，咱们两个就呀们就拉倒……”

这样一种口语式的交流方式，既是一种爱慕的表达，也是一种情感的宣泄，他们把对美好生活的向往与追求，以生活化、口语化的方式表达出来，使自己内心更加丰富充实，尤其是歌词的直观表现，朗朗上口，让人回味无穷……现在没有史料考证，这种信天游式的歌唱方式是从什么时候起始的，但可以确信，它是一种与巫神传唱有关的歌唱形式，是人的精神宣泄需求。位于神木东南方向的石峁皇城，在以神权统领的情况下，巫神手持玉杖，身穿黑色长袍，念念有词，达到天人合一的超越境界，祈求苍天祈求神灵加身庇护，用口语化的歌唱表达方式，不是没有可能的。说到底，不管是信天游也好，酸曲、酒曲也罢，都是人们精神境界的一种精神追求与消遣，是一种发自内心的精神需要。无疑神木的信天游或酸曲更加符合或距离巫神是最近的，在表达方式上能更进一步。无论是在曲调掌控、理解能力上，还是在歌唱方法上，用神一样的曲调传唱信天游与酸曲，不能不说，神木人更娴熟、更胜人一筹。

神木的神奇，不仅仅是这里拥有厚重的文化底蕴，朴素的民风，坚强不屈的性格，热情好客的民俗等。这里也曾经是出了名的贫穷区。黄沙满天飞，农民一年辛苦下来颗粒无收，“走西口”“夸河套”就是神木人最真实的血泪写照。

然而，在历史的车轮驶入二十世纪八十年代后，这里发生了翻天覆地的变化。

在这片神奇的土地上发现了煤，并且是世界八大煤田之一，是世界煤炭资源富集区之一。如果把陕北榆林地区比喻成中东的话，那么神木便是中东的伊拉克或科威特。这里盛产煤炭，并且煤质相当好，富油性大，低灰低磷低硫，是国家“十二五”以来重要工业支撑、能源的中枢神经。一户人家，一个村镇，一座城市，因煤炭开发暴富的传闻已不为鲜见。走在农村，垒猪圈的是煤块，烧火煮饭的是煤块，甚至和外面换取日常生活用品都是拉一骡车煤块换取……大自然的造物主太神奇了，在神木的沟壑山峁岩层的裸露处，都有黑乎乎透着亮光的煤炭，只要你伸出手来，就可以轻松触摸到。

这可是在地下沉睡了上亿年的黑金啊，是多少人梦寐以求的巨大财富，有多少人为这样的宝藏奋斗终生。然而，神木人却年复一年日复一日地如斯生活着，乌金就沉睡在他们的下面。

随着国家进一步繁荣富强，神木丰富的煤炭资源禀赋日益凸显，全国百强县、西部第一县等神奇的桂冠纷至沓来。

神奇的地方——美丽富饶的神木，希望在今后的征途上，步伐走得更加壮美、稳健、豪迈！

神奇的神木，确实是神一样的存在。

第二辑　陕北魂

我一直仰慕这样一种干净清澈剔透的灵魂，从古至今，我看到了中华民族的伟大精神在行进与引领，这是不朽之魂，不灭之星火，萦绕在中华大地之上。

陕北魂

行走在陕北的深秋，一股悲凉袭入心底，直抵灵魂最深处，我不知道，这是一种怎样的忧伤失落，直至泪眼蒙眬，惧跳的心脏在蜿蜒盘旋的路上反复惊悚，几乎要从胸膛里蹦跳出来。掠过车窗外的沧桑与凄凉，让我周身变得痉挛。泪水已模糊视线，我倾倒在陕北重峦叠嶂的大山魂魄里，沉浸在依稀回忆的梦中……

漫山遍野的蒹葭苍苍，葳蕤的青草变为枯黄，见不到一丝半点的绿意，树木悲咽在山谷与河床上，行走的车辆疾驰而过，卷起微黄的树叶。目光所及，随意贴在崖畔上的窑洞，不时有人影晃动，门上挂着一块红布帘子，暗示着这户人家是有人在居住。

这里的人们就是在这样一种凄苦而又荒蛮的地貌上世代生息着，随遇而安地简单生存，造就了陕北人的生活特征——简单朴素、艰苦淳朴的生活特征。沉默寡言是他们又一明显性格，可热情好客的陕北人，在遇到交谈的人时，也会滔滔不绝，如胶似漆与你畅谈起来。

车走过的每一段距离，都闪现过像陕北小伙子脊背似的红土崖，一个个躬行着腰，艰难地跋涉在陡立的山谷之上，一条一条的，这是长年累月被雨水冲刷出来的杰作，也是大自然鬼斧神工般的绝妙造化。

我一直被这种土石清晰分离的自然风貌所强烈折服与震撼，一直为生活在这样艰难困苦的条件之下和生存在苦难深重的父老乡亲们深深悲痛怜悯。在没有现代化机械设备的情况下，他们用自己艰辛的苦力去收割梁峁上随风摇曳的庄稼；为了生存，为了能有一口饭吃，他们将身躯倒挂在崖崖洼洼，用血泪浇筑出灿烂美好的生活之花，这是刻在陕北人灵魂上的一座孤城。没有钢铁意志的人，是很难在这种恶劣的环境之下生存下去的。我歌唱他们，赞美他们，用我微弱的语言去祝福他们，为这些不屈不挠的奋斗之魂，奉献上我的一腔热血。

随便瞥上一眼，满目疮痍的沟壑就会让你的灵魂颤抖起来，这是悲怆的心痛，来自远古之城的神农与命运做殊死搏斗与抗争，那无声的呐喊与残酷无情的嘶鸣，是来自人类活动的最初的足迹，在挣扎中袒露出鲜艳的血色。这是一片令人神往的热土，就在车窗外呼啸而过的每一个村庄。这里的每株草木，每条河流都在做着最伟大的贡献，即使是在极度贫瘠严寒的土壤上，仍然能在第二年生长出壮硕的花蕾，不萎靡，不退缩，铿锵有力，勇猛强劲。

这是怎样的一种意志力，怎样的一种品质，怎样一种辛劳，朴实无华的万物，装点在陕北这件褴褛外套上，映衬出雄壮的色彩。生活在这里的人们，也是沉寂大山中的点缀，洒落在梁塬之上。夜晚星星点点的亮光，昭示着这一寂静中独特的神韵。

陕北的灵魂深处，就是最底色、最原始的文化。每一句语言，每一寸身上的肌肤，每一块手掌大的土地，都浸透着亮光，那浓重的嗓音穿透历史上所有最动听的音乐，信天游、腰鼓、秧歌、烧酒，羊肉……一个都不能撂下，世世代代，将这样一种厚重的文化精髓延续下来，不改变不褪色不遗忘。

我一直仰慕这样一种干净清澈剔透的灵魂，从古至今，我看到了中华民族的伟大精神在行进与引领，这是不朽之魂，不灭之星火，萦绕在中华大地之上。

陕北的秋野

陕北的秋天金灿灿地铺陈在辽远寂静的梁塬上。沟沟壑壑，峁峁梁梁都塞满了金黄。这是一年辛劳的集中体现与展示，只有在这一时刻才能更加凸显出来。

看那像油条样的谷穗，沉甸甸，压弯了腰，每一粒果实，都闪耀着金光，亮晶晶的，乐坏了收割它的主人。如果你在陕北，也加入其中，同样会被这丰收的喜悦所激动，你会变得浑身有力劲儿徒增。

还是在手心上碾几粒谷子吧，用力揉一揉，搓一搓，用嘴吹去谷皮，包裹在最里面的就是新鲜金黄色的果实。“一米渡三关”，这句农家谚语，实实在在地把小米的魅力，说到极致，说到营养价值的巅峰。这金黄色的新鲜食物，能拯救多少生灵的性命啊！

陕北的小米，可别认为它只有唯一一种，它要分好几种呢！但它们同属谷物一族，是小米的同祖近亲。首先是糜子，未去壳时是淡黄色，但经过脱粒机筛选去皮之后，就变成金灿灿的黄米了，陕北人拿它当大米捞着吃，热气腾腾香味扑鼻。还有一种叫黍的谷物，它源远流长的历史，横跨中华几千年文明史——陕北石峁皇城，就曾出现过它的足迹。黍，在陕北全名叫黍子，它的颗粒大小和糜子几乎一样，只是黍的外壳，为鲜红色，像火一样的颜色，为人们带来温暖与安康，它是逢年过节用来做油糕用的。最后一种，就是九支黍谷子了。它是谷子的亲兄弟，外表看起来和谷子一模一样，只是在地里成熟时，九支黍谷子，它的末梢是裂开缝隙的，有九个小分支，像孩子们的小手一样叉开，农家人叫它九支黍。成熟后，它的颗粒也呈金黄色，只是稍微比小米的颗粒大那么一丁点儿，无辨别常识的人，最容易把他们俩混淆。九支黍也是用来做油炸糕的。

而只有谷子才能碾磨成小米。到陕北不吃一顿小米饭是非常遗憾的事情。金黄色的小米粥，闻着香，吃起来可口，如果再搭配点野苦菜，那才真叫一绝，人间的美味佳肴。小孩子感冒咳嗽，放两把小米，熬成稀粥，孩子的病痛也会缓解许多。只要吃进去几颗金黄色的米粒，就像老君爷爷提炼出来的仙丹，孩子们的脸上立刻会泛出红晕，眼睛忽闪忽闪地眨巴起来。

看那漫山遍野的秋野吧，染黄了山川，染黄了河流，幸福了陕北农家人，那洋溢在褶皱纹上的笑脸，感觉再苦再累，也是兴奋的、喜悦的、激昂的。

陕北的秋野是多情的、厚重的，像陕北的小伙子——朴实无华、腼腆爽朗。风儿在山野上微微吹起，满山的金黄便伴着微风轻轻地送入，摇头晃脑起来，这份独有的秋景，只有在陕北才能看得到、领略到、感受到。

远方的客人，陕北的秋天，带给你不一样的宁静，别样的心域。如果你再到陕北，请到陕北的秋野里来吧，那高昂的糜谷，浑身缀满铅笔刀的黑豆荚，拳头大的沙壤洋芋……定让你开心得前俯后仰、合不拢嘴。这儿简单纯朴的生活，时间老人仿佛停下它欢快的脚步，而生命却在你的手指间缓慢地流逝着……

陕北的秋野，集天地之灵气，集雨露与日光，集万物之精华，绽放在高原人的心坎上。

陕北这一场春雨

陕北的干旱是出了名的，一卷接一卷的风沙袭击着大地上的干沙与尘土，漫天飞舞，昏天暗地。

近些年来，这样的情况好转了许多。一到春天来临，老天爷会时不时地下点小雨，浇湿了旱涸的土地，也浇在了农家人的心里，让农家人的心田立刻变得鲜活明亮起来。

陕北的春雨是微妙的，也是最漫不经心的，它总是在人们不知不觉中蹑手蹑脚地飘落下来。在悄无声息中，抚摸着人们的脸颊，沁入土壤中，把雨水中的精华素，延伸到秋日硕果累累的枝头上。

在这曼妙细微的春雨中，人们的脚步声也显得不是那么匆忙。三三两两放学的孩子在春雨里相互问候嬉戏，仿佛这一场春雨对于他们来说，不是那样迫急地去赶路，他们只是行走在这样的细雨中，撑着鲜艳的小雨伞，或者有的孩子根本就不需要打伞，就能淡定从容地行走在这样的雨中，这样的雨是多么让人赏心悦目啊！

“春雨贵如油，秋雨如刀刮。”春雨最难得，也是农家人盼望至久的心雨。在农家人企盼的眼神里，在惺忪的大地身上，一场畅快淋漓的春雨是多么兴奋、多么愉悦的事情啊！春雨不仅滋润着苗木，也滋润着自然界中的万物。尤其是春天的这一场雨，只有这淅淅沥沥的春雨，人们才能在春天的大地上耕耘、播种、打秧……才能有秋天的丰硕收获。

大地会随着这一场春雨彻底地苏醒过来。温润的天气，也会随着这样一场纤细的雨水而温暖湿润起来。沉睡的大地伸伸慵懒的身腰，抖擞抖擞精神开始一年的辛劳。地下的青草根、野豆瓣，被泥土覆盖的不知名的甜苣、菜类也都尝试着探出小脑袋，它们都是被这一场春雨给浇醒过来的。

陕北的春雨不会太急，她像一个未成年的少女，漫不经心地一路走着下着。房檐上嘀嗒嘀嗒的细雨声，像少女走路的声音，不会那么急促，而仅有一种婉约的、清丽的美。

这样的春雨是迷人的，是让人沉醉的。春雨会把自己的全部身心拿出来，奉献给大自然中的万物，这样润物细无声的精神，也只有陕北春雨才能做得到。

陕北的春雨是有别于陕北的夏雨和秋雨的。夏天的雨太湍急暴躁，秋天的雨又绵延不绝，只有陕北的春雨才会彻彻底底地属于大地，属于万物，属于农家人渴盼的眼神。

每每走进这样的春雨天气中，心情也会格外好起来，明亮的心境传递着温暖的讯息，飘洒到天空中，弥漫在如沐的春雨里，甚是惬意。

哦，陕北这一场春雨，让人难以忘怀，永远记忆犹新，在我心底一直是那样的弥足珍贵。我爱这一场春雨，更爱有春雨般润物细无声的勤劳的人们。

向草而生

生活在大自然中的万物都是以自己独有的方式存在着。

牛是一种以草为生的动物，草是牛的信仰，是生命之源。

在陕北农村，牛是人们的生活希望，是生存下去的重要意义。

梁峁沟壑地势平坦，低头吃草的牛群，都承载着人们对生活的全部愿望。

从二十世纪八十年代包产到户开始，每家每户都分到一头牛。即使没分到手的，也会以经济补偿方式，在集市上买回一头，生活在农村，没有牛是万万不行的。

我们家也拥有了一头牛，这头牛开始是和邻居家合伙买的，最后折价给我们。这头牛浑身乌黑、体型高大、长着一对月牙状的牛角，我们给它起了个很响的名字叫“大黑”。由于大人们忙于地里农活，一到夏天，这放牛的活就落到我们这些放学孩子们的身上，每家每户都是这样。放牛是最苦轻的营生，也是小时候最美好的时光。我的童年生活就是从放牧大黑开始的。

每天放学回家，吃完午饭，村里的孩子就三三两两相约到某一个山头或沟渠去放牧，这都是心照不宣的事情，总会有一两个孩子能从大人们的口中早早知道哪儿的草最嫩最好，哪儿的草早就被羊群践踏过了。一头牛一个孩子，成一字形排列，徜徉在山山峁峁，骑在柔软溜滑的牛背上，唱起欢快的歌儿，要不干脆弹唱一小段快板，快乐的歌声洒落在山涧梁塬之上，久久回荡着余音……

牛是最通人性的动物之一，训练有素的牛，如果有主人在面前，即使走在绿油油、香喷喷的庄稼地旁也会视而不见，它不会吃一口别人的庄稼。夕阳西沉，落日余晖映照在一望无垠苍茫翠绿的大地上，孩子们便成群结队依次骑着自己家的牲口，背上驮着割好的新鲜嫩草作为牲口的“晚餐”返回家去。

那天由于母亲生病，天刚放亮，我便独自一人把大黑赶上山，用一根长长的细绳把它拴在和邻村相隔的山梁上，让它独自去吃草。可谁曾想，“天有不测风云”，我和父亲竟三天没有回家，陪伴在住院的母亲身边。我一想到拴在山上的大黑，心就忐忑不安起来，熬到第四天，母亲的病情终于有所缓解，父亲就打发我回家看看大黑的情况。我三步并作两步跑上山，山坡上已不见了大黑的影子。我火急火燎地冲向背阴处的坡底，看见大黑正缩卧在那儿纹丝不动。我上前把大黑拉起，看见大黑身上多了几处被柳条或别的什么器物抽打的伤痕，感到胸口隐隐作痛：这是谁人所为，把大黑抽打成这般模样？我再看看拴大黑的地方，位置也已经变了，原来一定是大黑渴了饿了，自己挣断缰绳偷吃了别人的庄稼，被庄稼地的主人给痛打了一顿，然后才拴回到这里。

看着满脸委屈痛苦的大黑，我心疼极了。大黑见到我，像在外漂泊多年的孩子，见到自己失散的亲人一样，用舌头舔舐着我的裤脚，满眼的泪水溢满木然的眼眶，无由的泪珠嘀嗒在我的脚趾头上。我抱着大黑的头，用手轻轻地抚摸着它毛茸茸的脸颊，此刻，我感觉自己的心和大黑是相似相近的，我能感觉到大黑的无助与忧伤。大黑也知道，我把它丢弃在这里这么长时间，不管不问也是迫不得已。大黑已经整整三天多时间没喝过水了，看着它瘦瘪的肚子，我拉起大黑走下山来。

一路上大黑走得特别勤快，我也再舍不得骑到大黑背上，我和大黑都沉默着行走在蜿蜒盘旋的山路上。大约一个时辰，我们回到村子沟底的水塘边，大黑咕咚咕咚地畅饮起来。大黑实在是太渴了，足足喝了有十多分钟，休息了一下，又开始喝了一会儿，才算真正喝饱。我从大黑闪亮透明的眼神里、摇头摆尾的神情上，看见大黑又生龙活虎起来。

人和动物都是一样的，相处久了都会有感情的。我和大黑朝夕相处了五年，这段时间是幸福的、快乐的、美好的。我终于要去镇上的中学读书去了，看着眨着大眼睛的大黑，我恋恋不舍。这种深厚的感情，外人是无法理解的，只有我懂，大黑能明白。

许多年后，我一直在心里惦记着大黑的模样，它在我脑海中留下了深刻的印记。它是属于山野属于水草的。大黑的天空就是绿茵茵的嫩草，它却不知道，我已在另外一片天空寻找属于自己未来的归宿。望着天边绽放的朵朵白云，迎面吹过柔柔的暖风，那自由漂泊的风景，就属于大黑的天空吧。我憧憬着大黑此刻还在山坡上悠闲自在地吃着嫩草，享受着自然阳光与蓝天碧水的洗礼，但大黑在许多年以后会变为人们的丰盛午餐，这是亘古不变的命运，我不愿意看到。

我在想洒脱在山间树林的兔子、野鸡、小松鼠……它们自由奔放的灵魂在强大的人类面前，是否感觉到卑微与弱小。在我的心中，它们的生命永远和我们人类是平等的，我更不愿意看到它在我们人类生活当中永远消失。

丰茂嫩绿的水草是这些动物生活的全部意义，它们都是向草而生的伟大生命，没有丰茂嫩绿的田野，它们是无法在这个世界上存在的。

直到许多年后，我仍然怀念那片宁静、苍茫、辽远的土地，那片碧绿繁茂的土地上欢快奔跑的各种各样动物，那些为草而生的一个个鲜活精灵。

怀念父亲

二〇〇二年的冬天，天格外冷。为祭奠已逝的父亲，清晨，在乘车不到一小时的路程后，我就来到了自己曾居住过的小镇。

风吹得衣服很紧，山坡上的荒草、树木在寒冷的冬天，赤裸裸地守护着沧桑寂静的群山。河流也僵硬了，偶尔飞过几只零星的鸟儿在轻轻地鸣叫，冬至后的积雪也只有在背阴处，才显得耀眼夺目。我边走着，脑海中太多的伤痛，如泉水一般奔涌而出……

我和妻是在那年的春天离乡谋生的。记忆中的父亲，总是担心我们忍饥挨饿，为我们准备了一驴车吃喝用度。我不想带，父亲总说："城市地方干啥都得用钱，多带点能少花钱，你们用钱地方多。"我也只好依了他的话。

那年的六月，气温特别高，我正在屋里午休，妹夫会平过来说："二爹近来有病。"我问是啥病，他说，镇上医生检查的是"胃溃疡"，医生说吃点药就会自愈。

自从会平走后，我的心里就有点咯噔，父亲是从来没有病的，怎么会一下子有病了呢？

那天晚上，我在睡梦中，梦见老家的院墙塌了，第二天起床与妻说。妻说，可能家里真的要发生什么事情，她前天晚上也梦见自己的一颗牙齿掉了。

难道真的是"日有所思夜有所梦"吗？

等到第三日，姐姐就打来电话，说父亲病重，让我们速速回家。我们简单收拾就和妹妹一家赶回老家。刚好，母亲也在姐姐家里，待我们问清楚原委，母亲哭泣着说："地区医院检查了，是癌症。"姐姐和妹妹也抑制不住地痛哭。父亲现在还年轻，仅仅五十三岁，他是全家人的脊梁与希望。在姐夫叫来叔叔商量后，一致决定，要尽最大的努力挽救父亲，争取让他多活几年。在我们姐妹三人将钱商议好后，叔叔主动说，我也支持你们，为了帮助我的亲哥哥，我出一千元。接下来，大家分头行动。第二天，我、母亲和父亲就到了达伊克昭盟市。

记忆中，那天的风刮得特别大，虽然是夏天，呼啸而过的狂风，像要把人卷起带走，漫天沙尘席卷着地面上的纸屑微尘直入高空。

我们在焦虑中，于当日下午在姑姑家暂且住下。

第二天一大早，我们就领着父亲来到伊克昭盟市医院。在办理完入院手续后，父亲终于顺利地在医院住了下来。

父亲的病很重，从他坚强的性格中，我能感觉到无情的病魔在不断地吞噬着他的躯体。

其实，父亲是一个特别苦命的人。父亲兄弟姐妹五人，他在家中排行老二，爷爷是一个没本事的人，在父亲二十多岁时，就因为哮喘离开了人世。父亲自幼家贫，在十多岁时便与邻居家的李姓爷爷学做推粉磨豆腐的行当。父亲人勤，脑子又灵活，竟然把做豆腐的小本生意做得风生水起，外祖父就是看准父亲的这一点，才将吃“市民粮”的母亲嫁到山大沟深、兔子都不拉屎的穷山村。

父亲虽然在一大家中，既不是老大，也不是养父亲，可大叔、三叔、四叔的婆姨都是父亲给一手张罗办理的。哥哥弟弟们，没有一个人打了光棍，尤其是老三家，在他家孩子已经四五岁的情况下，还跑回来和父亲要订婚承诺下的缝纫机钱，要不就威胁着和三叔闹离婚。父亲硬着头皮，和同村人借的钱贷的款给老三家弥补上了，目的就是让自己的弟弟不要闹腾得真的离婚了，打了光棍。四叔在家排行最小，成家也最晚，打小吃穿用度都是父亲一手操办，包括脚上穿的新鞋，一到冬天，都是母亲一针一线给做出来的。记得当时，四叔那年在外挣了点钱，要回来娶媳妇，父亲是满底满垫，包括结婚时的吃喝被褥等日常用品，都是父亲无理由给提供的。姑姑家就更别说了，姑父在几千里之外的铁路上工作，常年回不了家，父亲只要把自己家的活干完，就马不停蹄地跑十多里山路，帮助姑姑家干活。

父亲就是为了争一口气——同村的一个爷爷曾嘲笑我的爷爷说，生的五个儿子（有一个过继给别人了）就有四个半要打光棍。父亲就是要打破这种诅咒。不认命，和生活做顽强的抗争，这就是父亲顽强不屈最宝贵的精神。

在医院经过大约一周的观察后，我们决定在住院后的第八天实施手术。可能是为了使自己能够有生存下来的希望吧，父亲毅然决然地答应了手术。我在手术单上签完字后，姑姑、姑夫还有妹夫他们都过来了，手术时间整整持续了八个多小时，当医护人员把父亲从手术室里推出时，父亲已不再是原来的模样。父亲的脸色煞白，嘴上呢喃着什么，这就是我永远刚强温厚、雷厉风行的父亲吗？我忙扑过去，将父亲紧紧地搂在怀里。父亲显得是那样的瘦弱、无助、痛苦，无由的泪水一次次盈满我的眼眶，我泪流满面。

在医护人员的精心护理下，父亲的病情慢慢平稳下来，他的脸紧紧地贴在我的怀里。在经过一个星期的治疗之后，父亲的病情比以前好转了许多，可是存进医院的钱也已所剩无几。再不续缴费用，医院就将停止治疗。我们一家人急得如热锅上的蚂蚁，上哪去借钱？叔叔走时答应好的一千元还没有捎上来，我决定回老家走一趟。

经过近五个小时的颠簸后，终于见到了叔叔，可叔叔说，他也弄不到钱，让我们另想办法。当姐夫说起答应下的那一千元时，叔叔也说指不上，姐夫气得脸色苍白，我的心也一阵阵地抽搐。但我一句话没说，便离开了……

想办法，还有什么办法可想，我一个黄毛小子，连自己最亲近的人都不会相信，还有谁能信任？在走投无路之下，我只好向我妻的三姨借了五百块钱，垂头丧气地回到伊克昭盟市医院。此时，已欠下医院两千多元了，医院已快停止治疗。钱钱钱，去哪儿找钱呢？母亲说，让她回去再试试，母亲又回去了，同样也没人借给可怜的母亲一毛钱。母亲只好将外祖父在镇上留给她的唯一一套房子卖掉，但母亲拿上来的钱还是杯水车薪，我只好再度求助住在伊克昭盟市的三叔，但是三叔说也弄不到钱。在我极度艰难困苦之下，我再次来到姑姑家，姑姑只好跑去向别人借来一千多元。姑姑是流着眼泪把钱递到我手上的，另外，又把自己省吃俭用下的一百多元偷偷地也塞给了我，要我给父亲好好吃上。“我这辈子也忘不了你爸对我的恩情”，姑姑说着，已热泪盈眶，干瘪的手不住地擦拭着眼泪。

在持续治疗一段时间后，父亲终于可以出院了，父亲可以轻微地在地下来回走动。那天回到姐姐家，已是下午四点多钟，父亲的药还在继续，家里面临的开支依然很大。

那年的秋天，寒潮来得特别早，庄户人家普遍没有什么收成，经济收入几乎为零。在困顿的日子里，我的眼前一片茫然……可日子总是要过的。到了初冬时节，记忆中，父亲的病情总是时好时坏，身体已大不如前，精神也极度颓废。待到第二年的四月中旬，病魔还是冷酷地夺走了他顽强不屈的宝贵生命，我潸然泪下。

父亲在庄稼地里忙碌了一辈子。那个年月，邻居家的孩子都是稀吃烂穿，生活异常艰难，而我们姐妹三人，放学回家，总能吃上热气腾腾的饭食，穿上逢年过节母亲新做的布鞋，让我们从未感受到生活的艰难和日子的困顿。我是在父亲博大深沉的疼爱中长大的。我从父亲身上学到了对生活的坚韧不屈、勤劳勇敢、诚实善良的优秀品质。

父亲是中华大地上一个极普通、极平凡的人，是生活在社会最底层的穷苦老百姓。父亲从十八岁起便带领一大家人，二十二岁光荣加入中国共产党。为了能使全村人过上美好幸福的生活，他修路建坝，积极争取上级政府的资金。村里面邻家邻居，只要有人求助于他，他都是能帮就帮，能拉就拉一把。无论自己多忙，只要村民们有矛盾纠纷，他都毫无怨言地去一次次耐心地化解。在农业生产上，他冲锋在前，享受在后。父亲生活得简单而质朴，平凡而又伟大，他对生活的执着追求，充满斗志的精神，一直激励着我。

现在，父亲已逝两年了，坟茔上的青草与野花长满四周，愿父亲在地下永远安息，儿谨以此文在您周年到来之际，为您敬上。

那个被世界遗忘的小精灵

在去年夏天一个百无聊赖的午后，阳光挥洒在玻璃窗。我在无意间，想起自己在二十多年前，确切些，应该是二十世纪九十年代初，珍藏的一个小宝贝。我用柔软的纸巾将它包裹了三层，想再次拿出来看看，于是我打开保险箱，它还是静静地躺在那里纹丝不动，一枚像婴儿小手掌大小、浑身沾满千年尘土的小石子，那古朴素雅的外表让人一看就是被岁月洗礼过的老物件。一种久违的悸动袭上心头，它像一位老朋友，悄无声息地伫立在原地。

这枚小石子太灵巧、太可爱了，用爱不释手形容最为恰当，它光滑小巧，富有灵性和禅意，让我一直不忍心弃之，就这样跌跌撞撞，伴随我走到今天……

说起它的来历，还是充满不小的神奇。它是从父亲的手上流传下来的。还记得父亲给母亲说过，他一个人在一处叫板墩梁的地方耕地时，只听到犁铧下面“咯吱”响了一声，他以为是碰到瓷瓦之类的尖硬器物了，把犁铧尖给跸了一下。他立马停下来仔细一瞧，原来只是一块小石头搞的鬼。刚好，他耕地的浆子上的楔子也有些松动，周围也没有斧子之类的东西，他便拿起这块小石头把松动的楔子再次用力砸紧。在播种完板墩梁这块地时，天色已晚，准备收工回家，但父亲没忘记带上这块小石头，因为这块表面光滑小巧玲珑的小石子太招人喜爱了，带回家可能会有用处。在回到家卸下车杖之后，父亲就很随意地将这块小石子放在门口的窗台上……直至后来，我们一家人风里来雨里去的，就拿它压家门上的钥匙，每每在夏天做饭的伙房梁顶上，你都能看见它，找到它，你也就找到进入家门的钥匙了。它始终如一，忠诚地充当着我们家的“小保管”。

时过境迁，一晃就几十年过去了，那时还年少无知的我，现在自己的儿子的个头也早已超过我，你有时不得不惊叹时光飞逝得好快啊！美好的青春总是那样短暂……

一切都是命里注定的，你不得不信服世事无常生命再轮回。去年还一直在手上盘玩的小石头，宛如一个灰头土脸的傻小子，此刻，摇身一变成为一枚精美绝伦的美玉，魔术般的变化。一枚带给你力量、梦想、坚定，充满斗志和希望的玉石。我一直在想，这是福报吗？父亲生前曾做过许多好事，福报要在子孙身上显现吗？我其实是一个无神论者，对于神灵阴阳之说我是有抵触心理的，但是我还是不得不相信，它始终在这个世界周围存在着。

我现在一直在想，假如这枚小石子落在村里别的人家，它还能出世吗？为什么会偏偏选择来到我家，并且把终身命运托付予我，是因为全村人，只有我能懂得它？为什么在父亲的手里，它就那样一直静默着，而在我们这代人手上，它就变戏法似的横空出世，并且如此迫不及待呢？疑问太多，因果禅意太多？在佛教、道教、伊斯兰教的城堡里，他们都有对于宇宙万物的合理精辟解释，而在这枚被世界遗忘的小精灵身上，是否也有更加合理的诠释呢？

此刻，我还是要弱弱地问一句，你是出身于哪家名门闺秀？我能想象来，在你经历成千上万年时，你儿时的模样是什么。这些疑问在我心里一直是个谜团，我只能任凭自己的思绪去憧憬遐想，去努力地猜测与思索。历史学家、考古专家……他们也和我一样，只能在你所经历过的浩瀚时空里去琢磨揣度，而你是最了解自己的，明白自己经历过怎样的风雨沧桑。

和你在一起总感觉是那样的快乐与幸福，心情愉悦时，你我高兴地做着游戏，这是多么惬意的生活，你轻盈的身姿在我的手掌上翻越着、跳动着，感觉时光真的好美好美。玩累了，我们就静下心来听听优美的歌曲，听着听着，就不由自主地又伤感起来。是啊，有些人，走着走着就散了，有些人走着走着就淡了，有些伤痛是无法用言语描述的，只能埋藏在心底，深深地，埋藏有千年万年……

和你在一起，我会想很多很多，想过去的你，现在的你，将来的你，一下子又使自己伤感起来，我会感慨许久许久……

静静地看着你，世界上独一无二的小精灵，让我敬仰凝思沉静，浮想联翩思绪万千。人的一生何尝不是由石头到玉的过程。懵懂无知的少年，到历尽千帆沧海时的中年期，年老时便会幻化成精雕细琢的美玉。玉以温婉大气、清廉高尚作为自己的信条，人以正直刚毅、宽厚仁慈方可安身立命，二者都是相辅相成的。

因为懂得，所以倍加珍惜；因为相知，所以走到一起。这枚被世界遗忘的小精灵，一直荡漾在我的心海，我的梦中，浮现在我魂牵梦萦的故乡山上。

灰色记忆

夕阳西沉，落日余晖渐渐隐退在黄土高原身后，时间已快到中秋，梁塬上沉甸甸的庄稼摇曳在秋风中，显得那样厚实、兴奋和喜悦……

和这黄澄澄的金秋形成鲜明对比的是高斌的心情，他的心情简直糟糕透了，生活的不堪重负压得他喘不过气来。父亲病重不说，母亲也在照料父亲期间，被出租车把小腿部碰得骨折。现在这些都还不是最要紧的，至关重要的是，媳妇的肚子也一天天地高隆起来，而家里值钱的东西都已经快变卖完了，再也没有被变卖的对象了。可这穷光景还得继续，唉！这是多么让人头痛的事情啊！

高斌的肩上扛着一个空空的四耳瓷罐，一步一步行走在通往镇子的沙砾石路上。这条路他走过多少次，自己已记不清了，近段时间，每天一个往返是少不了的。他感觉现实的路，比他眼前的人生路要好走多了，虽然这条路坑坑洼洼、崎岖不平，但他已经习惯行走了。

他现在心里一直盘算着家里还有什么能换来钱的东西。他主意打定，决定要把老祖宗遗留下来那五棵大水桐树给卖了，可这是在他的心上刨挖，血淋淋的疼痛，但现实生活就是这样严酷，由不得他去抉择。

高斌把门推开，媳妇很是惊讶。

“我还以为你最早也得晚上八九点钟下来呢！”

“今天庙上收工得早，所以就早点赶回来了”高斌说着，放下肩上重重的四耳瓷罐，媳妇还急等着要拿它去炼猪香油呢。

高斌所在的村子在修寺庙，每家每户都要出一个劳力，这是会议上决定的。“天塌放代理，庙塌有社家”，他们村姓高的人家都要去修建，他哪有不去参加的道理。只不过，他现在住的家，距离修寺庙的地方稍微有点远——有五里多点路程吧。

在高斌的父亲重病前的一个月，他请了一个懂阴阳的先生算卦说，媳妇坐月子，必须要离开老家，怕有什么血光之类不洁的东西，影响父亲的病情，所以他只好把家临时搬迁到镇子上来居住。镇上的房租不是很贵，一个月只有二十元钱，可就是这点房费，对于他这个一贫如洗的人家来说，也是不小的开支了。

“我准备明天回老家砍得卖那五棵水桐树呀”，高斌闷声闷气地和媳妇说。

“你一个人怎能行”？

媳妇坚决不让他一个人去砍那长了有七八十年的老水桐树，树头又高又粗不说，凭他一个人的力量，砍那么大的树，太困难了，并且砍树这个营生真的是太危险了。媳妇是知道他的——一个念书出身的人，从来没干过这种粗活重活，怎能把那么大的树砍倒呢？估计树还没砍倒，人就先给撂倒了。砍树这活，可不是谁人都能干的，它是一门技术活，弄不好要遭下人命哩。

“少卖两个钱，也让买树的人自己去砍，人家吃的就是这碗饭。”高斌媳妇有点急切地说。

“好吧，那我明天就和买树的人商量一下。”高斌采纳了媳妇的建议。

买树的人，就住在镇子的南门口，姓贺，全名叫贺拴柱。老家和高斌家说起来不是很远，只不过，由于高斌常年在外，所以对周边的村民都不是很熟悉。

一大早，高斌就来到贺拴柱家的大门口，一进院子，横七竖八到处都堆满了大大小小的木料。三言两语事情便说成了，本来一棵树自己砍倒能卖到一百五十元，现在让拴柱自己去砍，只能给到一棵树一百元，五棵树，就少卖二百五十元。没办法，谁让高斌自己挣不了这个钱呢！

贺拴柱很是痛快，在自己铺的破毛毡下面，摸出来五张百元大钞，递给高斌。高斌感觉这钱是那样的沉重火辣，他感觉，自己是把老祖宗的骨头给卖掉了，这钱上沾满了先辈们的血汗、泪水和责骂。但没办法，事已至此，还能怎样呢？他带着深深的自责和懊悔，走出了贺拴柱的家。那五棵在家门口守望了近一个世纪的老水桐树，像多年站岗的士兵一样，就在他的手上彻底被砍杀掉了。

离开南门口，高斌径直来到钟楼洞，首先给父亲称了二斤猪头肉，他准备给父亲拿回老家，这是他老人家最爱吃的东西，剩下的钱，再不能乱花，媳妇还要急等着坐月子呢！

高斌的父亲在吃过这二斤猪头肉之后的两个月，就怅然地离开了人世，让高斌伤心痛苦了好一阵子，但生活还得继续进行下去……

那段灰色的记忆，一直在高斌的脑海里如影像般播放着，直至后来很长一段时间，他有时还能在梦里看见，自己一个人又在村口砍那几棵又高又大的水桐树。他不知道这树头会从哪一个方向倒下去，这高大粗壮的水桐树，多像他的先辈们，一个接一个在人世间倒下去。父亲倒下去之后，高斌的整个精神世界也坍塌下来。这样的梦让他心惊肉跳不寒而栗，把他从睡梦中一次次惊醒。有时他还能听见父亲即将倒下去时的微弱声音和对他的深深嘱托与叮咛，父亲那双对人世间充满留恋的眼神，让他刻骨铭心。

风雨之后见彩虹，在高斌安顿完父亲的后事之后，媳妇也跟随着平安降生下可爱的儿子，他开始踏上外出寻梦的旅程。他相信，只要有信心和毅力，通过自己不懈地努力，一定会把这烂包光景过得红火起来。

这段生命中忧伤、失落、灰暗的日子，带给他不一样的人生历练与提升，使他成长了许多，成熟了许多，在他的人生旅途上，带给他不一样的生命意义与内涵。

陕北这一场秋收

夜色，黑黢黢地布满整片天空，只有悬在夜幕中的月牙儿或明或暗地挂在遥远的苍穹。

这时的陈华勇已经踉踉跄跄地赶着驴车上山了。车子上拴着一只罗筐，那里有他准备的白面馍和一暖壶热水，外加一小碟晒干的咸菜，这是他和妻子俊霞一晌午的伙食。

山陡路窄，他本想让妻子坐在驴车上的，可他又怕天黑自己打盹万一车子有什么闪失，伤到已经怀孕的妻子。所以，他只能一个人赶着驴车一股劲地朝着前面的山梁上行走，还不时掉转头把驴子吆喝上两声……妻子只能远远地跟在他和驴车的后面。

或明或暗的天空，道路也显得影影绰绰，月光不时朗照过来，凄凉寂静的秋天，铺满整个梁塬。山沟里的树木也显得隐隐约约，只有妻子的身影在空旷的山峁上吃力地晃动着……

他俩是要赶早的，行动得太迟了，长在地里的黑豆荚就会在阳光的暴晒下，一碰就会爆裂开来。所以，他们必须抓住早晨太阳未上山时的潮气，把洒落在山梁上的庄稼，全部收割回来。

梁塬上人手多的人家，已经全都收割回去了，只有他家和那些没人手的烂包人家，黑豆还一直生长在地里面。山坡上已经收割好的庄稼一篨一篨，四四方方地躺在地上，它们整整齐齐、规规矩矩地等待着主人在三两天之内把它们全部运回到麦场。

在暗淡的月光下，陈华勇走了莫约半小时路程，终于到达庄稼地头。他把驴身上的套缨子卸下，拉着驴走到不远处野草丰茂的地方，将驴拴了下来。等他拴好驴回到卸车的地方时，妻子俊霞也已经赶到。他望着地上成片干瘪的黑豆荚，心里长长舒了一口气。他俩戴上手套，开始手脚麻利地收割起来。

今早还算如他所愿——潮气特别大，握在手上的黑豆荚非常柔软，他和妻子甩开双臂，一会工夫就收割了一大片田地。

太阳还是在他们忙碌的身影中缓慢地爬了上来。时间已快到晌午，他要和妻子吃一点午饭了，他们都已是饥肠辘辘。妻子把驴车上的白面馍、暖壶和咸菜取下来，他俩就地坐下狼吞虎咽地吃起来。陈华勇吃饭快，风卷残云般地吃完了。他掏出一支黄公主牌香烟吧嗒吧嗒地抽起来。吸了几口烟，在妻子还在吃饭的空闲，他起身走到拴驴的地方，把毛驴又重新换了个地方。他大致数了一下，估计一早上收获有六车多黑豆，看着他和妻子用辛苦换来的丰硕战果，他的内心美滋滋的。

其实，对于地里的农活，陈华勇是个外行。这一大片黑豆地都是他的父亲在春天的时候播种下去的，只是由于父亲现在病重，他和妻子才不得不回来收割今年秋天的庄稼。

这一大片黑豆地就是他们家的全部希望。因为陈华勇的父亲在看病时，已经花费了不少钱，他们只有把这些黑豆收割回去，才能换回家里的必要开支，虽然这片黑豆在市场上卖不上几个钱，但足以解决他们家里的暂时困顿。

陈华勇和妻子是去年腊月刚结的婚，现在父亲有病，他没有不帮家里面的道理。一根顶梁柱倒下，总要有另一根柱子来支撑，要不然他们这个家就彻底坍塌了。

生活就是这样，陈华勇的父亲刚娶过儿媳妇没多久，还未能真正享受人生中的天伦之乐，就再也站不起来了。这种世界上最倒霉的事情，就偏偏降临到他的身上，他感觉自己是世上最苦命、最可怜的那个人。

太阳已经开始熊熊燃烧起来了。握在陈华勇手里的黑豆荚，也开始不听使唤似的，噼里啪啦地响个不停。坚硬的黑豆荚像锋利的刀子，在炽热阳光的暴晒下，坚硬地扎起手来。还好，地里面的庄稼已被收割得所剩无几了。

在他收割前面斜坡的那一小片时，妻子已把他们收割下的黑豆一箧一箧、方方正正地归集到一起。

他快马加鞭地把最后一点收割完，就去把不远处吃草的毛驴拉回来。驴子一早上也吃饱了，看着毛驴鼓起来的毛茸茸的肚子，他给驴身上把车子套上。

劳动是件最光荣、最有成就感的事情。他看着满满当当的一整车黑豆，感觉一早上的辛苦和付出是最值得的。劳动创造了幸福，创造了美好的未来，他感觉自己浑身都充满了无穷的力量。

回麦场一直是下坡路，他怕驴在紧要关口扛不住，就在车子的后面又拴了一根长绳。这长绳是留给俊霞用的，在非常陡立的地段时，俊霞用绳在后面使劲地拽着，能给他和毛驴节省不少的力气。

一整车黑豆荚终于开始出发了。山路弯弯曲曲，驴子无论是上坡还是下洼都显得特别吃力，他不时腾出右手在车辕上给驴子使上一把力。当遇到陡峭的倾斜坡度时，他只能和妻子使劲按压着黑豆车，拉着这么重的一车黑豆荚，最怕在半路上车子侧翻了。

走过一段地势平缓的路段，眼前就是最难行走的大陡坡。这也是陈华勇他们家的后窑脑畔。陈华勇让驴和自己稍微休整了一下，这是给自己和驴子的喘息的机会，他们都在蓄积更多的力量。这种担忧是很有必要的，他担心自己和驴子没有更多的力气在这条特别艰险的道路上支撑下去。

车子又开始缓慢地走动了。

命运之神也在陈华勇和驴子面前伸展开来。

他让妻子好好使劲在后面拽着绳索。这段陡坡实在是太难走了，驴子刚开始还能支撑住满车黑豆荚的分量，但在急拐弯处，驴子的四条腿像不听使唤了似的，高耸的车子一股劲地朝前簇拥着他和驴子。陈华勇死死地用力扛着车辕，他让妻子俊霞也死命地拽着，可一车黑豆荚像排山倒海似的，一直向前推搡着，面前就是九十度的急拐弯，下面是万丈有余的窑脑畔。他现在只能拼了命地扛着，妻子在后面拽着长绳喊叫着，让他把车辕赶快放了。最终他还是没敢放脱手。他很清楚，仅凭驴子的力量是无论如何也支撑不了的。最终他还是没有连人带车在窑脑畔上甩下去，安全平稳地走过了这段异常艰难的陡坡。他的心突突突地蹦跳着、颤抖着，驴子浑身也冒出一股汗。他摸了摸驴的头部，驴像明白了他的意思，突哧突哧了两声，他们的车子又开始走动起来了。

距离不远处就是麦场了，驴子也感觉像大功告成了似的，很用力地嗒嗒嗒快步走起来，他们径直来到了打麦场。

陕北这一场秋收，多似一场人生啊！只有经过艰苦卓绝的努力，才能走向理想的平坦大道。在人生道路上何尝不会有几处坑坑洼洼或这样那样的陡坡，何尝不会有一小段阴霾的日子。然而，只要你对生活充满勇气和信心，硬着头皮扛过去，后面就会展现出希望的曙光。

陕北这一场秋收，一次人生的历练，生命的精彩上演，让人今生难忘，永远值得怀念。

消逝在时光里的拉炭人

时间是个过滤的筛网，总是把记忆中最深的印记存留，把好多琐碎零星的事情在不知不觉地过滤掉……

那段记忆中拉炭的往事，像影片一样，一直在我的脑海里来回播放着……

每年的冬天都是陕北神木中南部人拉炭的最好时节，这也是一年当中仅有的闲暇时光。

冬天到来，河堰的水流已停止了欢唱，大地一片肃杀，连同山村的道路都是干瘦直挺的，漫山遍野沉浸在荒凉、枯瘦、寂寥之中。

忙了整整一年的山里人家，在这个时间段便开始拉炭，攒点“冬粮”准备过年。夏天他们是不需要的——因为只要跋涉在山梁坡洼，有的是他们需要的柴火，那里是他们取之不尽、用之不竭的“富矿”。干完地里面的农活，顺路捎点在牲口车上拉回，就足够他们维持两三天的生计。最关键是，这种柴火不用花一分钱，就能把饭煮好，这样的美差事，人们何乐而不为呢！

一到冬天，这样的“美差事”就没有了，收完秋之后，他们就很少再上山，一到冬天拉炭是整个山里人的习惯。

一个冬天至少要拉一次炭。一车炭大概四五百斤的样子。清晨，天还未放亮，他们就赶着驴车出发了，拉炭的路途是遥远而漫长的。最近处的煤矿也有四十多公里山路，通常去煤矿时的空车是不需要在路上休息的，回来时拉炭的重车则必须在半道上歇息，人不存在问题，关键是拉炭的牲口会吃不消。爬坡陡洼一路上，每走出一步，看着牲口憋着气拉到沟底，再向山坡上努力挪动的样子，真让人心疼和怜悯。

那年的冬夜，大伯和父亲终于把一车炭拉回来了，由于进村的山路异常难走，只好把较大的两块大炭卸在河对岸的马路边。推开门把棉袄、棉裤以及吃的干粮放在躺柜上，母亲便拿出热气腾腾的饭菜，和自家酿造的淡黄色米酒，老哥俩就这样盘膝而坐，在炕沿上边吃边聊起来。那样的冬夜是凄苦的，但也是幸福的。不知不觉时间已过了子夜……

冬天，大山里的夜晚是静谧的、安详的，夜色是留给赶路人的伴侣，是收获劳动成果的愉悦时刻。所以，夜晚的灵魂是丰盛的也是美妙的，是对一天收获成果的检阅，是身心疲惫后的放松时刻，更是人们增进感情的最佳良辰。

老哥俩攀谈了一晚上，村里村外所发生的新鲜事情，以及邻家邻居的家长里短，米酒喝完了，饭菜也一扫而光，吃完饭，还要记得出去看看牲口吃得怎么样。这是他们临睡觉时，最重要的事情。看着圈棚里面的驴突突突地叫唤着，再给驴子喂上一次草料，他们就能回去睡个安稳觉了。

陕北神木中南部的农村日子就是这样的，祖祖辈辈一直在时光的背影里不紧不慢地穿梭着。日出而作、日落而息是他们生活的写照。走过四季，走过青春，走完他们悲苦的一生。

长大后，我也去拉过一次炭。我是开着机动三轮车去的，路已全部是柏油马路，不用再像父辈们那样要走整整一天一夜才能回来，也不用把炭卸在河的对岸，我可以直接把炭拉到自家的院子里来。斗星转移，时空变幻，让人猝不及防，欣欣向荣的生活让人眼花缭乱。

现在，大部分人都已搬离大山，回到县城生活。烧火做饭都用上了煤气、天然气等，不再使用煤炭做燃烧材料。大部分人已不再有难熬的拉炭生活，不再因为吃饭问题而苦恼发愁。可还是感觉生活得没有父辈们那时候拉炭时的日子美好，那是一种令人感觉幸福的年月——总感觉现在的人们在生活当中似乎缺少了些什么，是诚信信仰、是简单朴素，还是别的什么？在物质生活最大化的现在，人们的灵魂家园显得那样寂寥与荒芜。

消逝在时光里的拉炭人，他们的灵魂是丰盈的、舒展的，是纯粹的、澄明的。

哦，消逝在时光里的拉炭人，值得我们永远去怀念。

第三辑　生命的空灵

宇宙万物都是有天命的。湍急的河流，咆哮的海洋，绿意盎然的草地和茂密的森林。它们都在为这个世界增添浓郁的色彩而蠢蠢欲动。

生命的空灵

一次在老家听一位晒太阳的李大爷在讲述天年的收获时，说庄稼也是有天命的。每年的正月初一，朝阳还未出山，天空弥漫在无际的苍穹。惺忪的天空还未睡醒时，他就会爬上山顶，观察一年的天年情况。有时看到灰暗或迷蒙的天空，也看到一望无垠的碧蓝，他就能大致猜测到接下来一整年庄稼的丰收情况。

有时候，快吃到嘴里的粮食，突然遭遇一场冰雹，所有的收成都白白地送给土地，这是苍天对人们的苛刻与严厉。风调雨顺时，该下雨时就下雨，该刮风时就刮风。没有风，即使背到打谷场上的庄稼，因为两场雨也会腐烂在谷场里。没有顺畅的风，端在肩膀上的粮食，只能乏力地端着，要等到有顺畅的和风，才能把粮食吹得干净利索。

人在二三十岁的时候，是不去考虑生死的。因为生命如此生机勃发，旺盛的生命力，距离生离死别还很遥远。直到四五十岁上来，随着一颗颗牙齿的松动，头发慢慢变得稀疏，光滑的肌肤开始松软，皱纹也在加深，他才开始慢慢地关注起生命来。

自然界中的花草树木都是有天命的。荣枯兴旺在一年四季当中都层次分明。春天长出鲜嫩的枝叶，夏天兴旺发达起来，秋天即将离别。天空像它们驻守的儿女，在即将枯萎的大自然身上，洒下伤心的甘露，晶莹剔透的眼泪，颗颗落在万物的身上，这是即将分别的感伤的泪水。连同肆意、狂妄、火辣辣的太阳，在花草树木离去之后，也不再那样热血沸腾、骄横逞能，死灰样的面容，不再阔绰地去朗照。

整个大地处在一片肃杀寂静的世界里，一切都是静止的、凝固的，包括山川河流，已不再鲜活灵动与生机盎然。

宇宙万物都是有天命的。湍急的河流，咆哮的海洋，绿意盎然的草地和茂密的森林。它们都在为这个世界增添浓郁的色彩而蠢蠢欲动。

生命，在一次次演绎中，变得更加坚韧、更加精彩、更加完美无缺，我们人类又何尝不是呢！

浮在夏天的冰

人类和大自然，一直有着千丝万缕的联系。

那年我一个人行走在一段硬土路上，蚕豆大的雨滴在岩石上嘀嗒嘀嗒地落下。我停下脚步，仰望悬崖峭壁上的岩石层，原来是岩石缝隙渗漏出的山泉水，把地面已经浸湿，纤细的水流，咕咚咕咚地在泥地上流淌着，涓涓细流直接流向下面的河床。

这么炎热的夏天，无意间出现这样一股甘泉，着实让人欣喜。我把双手支起，捧起拔凉拔凉的泉水，顿时浑身如敷上冰一样舒爽，这种丝丝舒坦的感觉，慢慢地像在口中消融，让人整个身心惬意极了。

我慢饮着这一细微的甘泉水，在炎炎烈日之下，能亲手捧喝，这怎能不叫人欢喜呢！这是难得一见的冰泉水，只为饥渴难耐的路人准备。大自然竟是这般神奇，炎炎酷日，竟然还没忘记为辛苦的路人，奉献上自己最真诚、最舒坦的情意。

前年我和老吴相识，纯粹是一种偶然，仅仅是在酒桌上推杯换盏，互称兄弟。人与人交往有一恒定的磁场，有的人只适合站在你的磁场之外，虽然只差那么一丁点，你够不着他，他摸不着你；有的只是因为磁场间的力量太小，你也进不去他的圈子，他也进不去你的内心；而有的人，就是这样刚刚好，彼此之间相互吸引着。我和老吴就是这样，交往慢慢多了起来，我欣赏他的光明磊落与率直谦和，他说我是一个好人，就这样半陌生式地相互维系着。

突然，有一天早晨，我收到老吴的一条微信，说要选编我的散文稿，并且是隆重推出。我正愁眉苦脸地想着，怎样联系出版社排版发行，老吴就像一股这样的甘泉水，浸入我的心脾，他好像知道我的心思一样，和我主动来约稿，这难道不是在炎炎夏日之中送来一捧甘泉水吗？让我既激动，又惊喜。这无意间的山泉水，像走累的路人，遇见一杯解渴的茗茶，舒爽惬意直沁心脾，让我兴奋与喜悦。

不能说世界上没有好人，首先你必须是一个好人，你才能遇到更好的人。

回头想想，住在我们村东头的李姓爷爷，身后无儿无女，却一直被全村人敬慕爱戴，直至离世时，都被村上人一直照料着。他膝下无儿无女，全村人的孩子，就是他的子孙。李爷爷的后事举办得异常隆重，不哭的大人孩子也稀少。他把每个孩子都当作自己的亲生，他把每个路人都当作自己的亲人。他博大的胸怀，连猫狗都感到温暖快乐，这是怎样的一汪全村人的甘泉水呢！

人生并不是你得到多少，而是你付出了多少，得到和付出之间都有一个恒定值，不偏不倚，大致均等。

后来我听说，那处在岩石上的山泉，因为地理位置的特殊性，政府出资，为其修建起焕然一新的窑洞，并架设云梯，专供路人用来解渴，成为远近闻名的旅游胜地。

冬天的冰，不算冰，夏天的水，不是水，只有浮在夏季里的冰，才能给人以凉爽和慰藉。

愿我们每个人都做一块浮在夏季里的冰吧，带给这个世界绚丽多彩的美妙与舒坦。

一曲哀思寄故人

时常一个人在梦里，老是梦见自己爬上对面山梁，自己矫健的步伐，让睡梦的自己都很是吃惊，这样的梦，影影绰绰，或近或远，因为我的祖辈父辈们，都长眠于这座山上。

我和他们无论是在哪方面，都是相似的，包括长相、笑容、走路的姿势和最深处的血缘。这种血脉相连的关系，无论我出现在哪儿，都会在心里装上他们，他们好像每时每刻都在看着我、监督着我的一举一动。无论是在我悲喜的时候，还是在我把酒言欢的时刻，都让我深深感觉到头顶上火辣辣的质问。我会按照他们的意志决定自己接下来要走的方向。

每个逢年过节我都会爬上这架山梁，这已是一种习惯，有时我会拖家带口一起去祭拜，远远地就能瞭见那一座座伫立的坟茔，像端坐的先辈们。这样的路我已走过多年，从小直至现在的不惑之年，开始是奶奶带着我，我把奶奶送上这座山，后来是父亲，我把父亲用木架车拉上这道梁峁，就这样，生生不息，往复更迭，如草木一样枯荣。

我一直在想，哪一天，我也会和他们一样长眠在这架山上，身体是属于大自然的，思想也像胶状一样凝结，不再思载千里、神游万仞，自由游动的只有进入村口的小溪流和昆虫之类的微小生物。经过千辛万苦修葺一新的院落，也只能在风雨中静静地蛰伏，不再喧嚷热闹，整个场景都会沉寂下来。

自由飞翔的小鸟，会冷不丁地在村口那棵老榆树上落下，然后嗖的一声又飞到别的地方去了。

爬上这座山，心也会踏实下来，我在走祖辈们一直走的原路，按他们的足印前行。我也会按照他们的睡姿，睡到这座山上，空旷无人，那是怎样的一种寂寥。他们不知道我什么时候会和他们一起有这样的睡姿，可能会很快，也可能还很久远，祖辈们没有教给我踏上这座山时崎岖路径要小心的几处深崖。他们在这里安详地熟睡，我是很乐意去的，只要是在我最终的暮年，我感觉还是像睡在一盘大土炕上，一排排枕头紧紧地依偎在一起。半夜我会醒来，摸着黑黢黢的夜色去小便，然后摸索着又拥挤在一起，这样的睡眠方式，感觉很舒服也很安然。

我已不惧怕死亡，感觉自己像一位精神上的勇士，穿越在这座野草葱绿的大山之上，斗志昂扬、所向披靡。连死都不怕的人，谁能奈我何？这样非理性的想法，一直纠缠着我，直至走到他们的墓前，我才稍许缓过神来。

土地是凝重的豁口，它会滋养万物，也会把吸附在它身上的一切收藏，包括人类。这样讲，土地是伟大的，也是最致命的。我的先辈们就一个个被土地所吸纳起来，直至彻底融入土地的脉液。

山青草绿又是一年，登高望远，不远处又多了一处引魂的幡子，花花绿绿，迎风肆意招展，在整个梁塬显得特别单调、显眼、悲凉。这是魂魄的圆满凝聚与归集，后辈们的情感联络点，这种感情凝聚，是对已逝者莫大的慰藉。

我一直思索这梁塬上静躺着的每一个灵魂，这是来自我们这个民族最深处的精神在倾诉叩问，只有这样一种紧密团结的信念与力量，才使我们中华民族得以繁衍生息，得以传承，得以把伟大的民族梦继续进行下去。这样一种千丝万缕的情感链接，承载着民族的香火在祖国大地上绵延不绝、源远流长起来。它是国魂是民魂，是中华子孙取之不尽、用之不竭的最宝贵精神源泉。

偶感人生

把苍茫辽远的往事，拼凑成童年回忆中的画卷；把忧伤滚烫的岁月碾碎在时光的留声机里；把苍翠明净的心愿编织在未来的海角天涯。

当写下这“人生”二字时，你又能说些什么？倾诉些什么呢？

自古做人难，活人更难，在历尽千帆之后，感觉活人越活越难。

人本来就是最复杂的一种动物。人心似海深，深得不可探测丈量，人要吃三斗三升狗屎猫尿，才算是真正在人世间走过一遭。

《史记·货殖列传》曰：天下熙熙，皆为利来；天下攘攘，皆为利往。天地之悠悠，皆因名利奔波劳累，能独上南山者，能有几人？最好与最坏的生活是什么？香车宝马还是流落街头？富可敌国还是一贫如洗？你并不能真正地懂得一个人他所追求的快乐，是以什么样的标准来衡量人生的幸福。富忧愁穷乐活，陶渊明式的世外桃源生活，也不一定就是最终的幸福。人的味感不同，形成的目标与标准不同，只能是“念天地之悠悠，独怆然而涕下……”这样一种无奈而又悲伤的感慨罢了。“天生我材必有用”，真正有用的人又有几人会立于社会不败之地呢？

读书时青春年少意气风发，因为文学而走到一起，转瞬即逝的年华，有人经商，成为亿万富豪；有人做了高官，成为一方霸主。大部分人在岁月的长河里按部就班，过着自得其乐浮尘般的生活。但你不能说，浮尘般的生活就不好。君言：“伴君如伴虎”，“枪打出头鸟”，是常有的事，普通平淡的生活，才不会在雷霆万钧、飓风来临时连根倾倒。

人生一场不容易，但我们总得给这个世界留下点什么，或物质的，或精神的，等等，总不能一片空白地、悄无声息地走了。我想起了余华的《活着》，想起了路遥的《人生》与《平凡的世界》，还想起了勃拉姆斯和瓦格纳……人应该以怎样的方式存在于社会，以怎样的姿态才是最合理的表述？导演张艺谋常以一种宏大、冷凝、近乎血腥的手法，表现场景，烘托氛围，以提升观众的感官效果。而曹雪芹先生则用温柔的文字利刃，剔除读者思想上的污垢。你不能说，一部经典影视剧与另外一本典藏书籍就适合所有人的眼睛与耳膜。每个人的视觉不同、角度不同，感受是有巨大差别的，感受又和个人的爱好、学识、方向、视野等有很大关联。

人就是最复杂、最难以置信、最难以想象的一种高等级动物。

我想到了真理，想到了海平面与飞机航站楼伫立的灯塔，他们的终极意义都是一样的——都是指明方向，照亮前行中的道路，指引人们抵达某一目的地。但是它们却有本质上的区别——灯塔是现实化的直观表现，真理是虚拟思想上的精神引领。

在喧嚣嘈杂的社会当中，独善其身者很难，能听进你意见的人很少，能静下心来和自己的心灵对话的人更是少之又少。“穷则独善其身，达则皆济天下”。

一句话道出人性的思维差别，也道出了穷富差别的本源。活人容易应世难，难就难在繁杂的人际交往上。人情世故都是以人为本真，而后才是事情。利欲熏心者有之，慷慨解囊者有之，喧嚣的世界里，人们都渴望有一块安息自己灵魂的寓所。但人们往往是“树欲静而风不止”，“人在江湖身不由己”，发出自己内心无奈的感慨！

人真正的改变是在走出社会后。摸爬滚打几十年，蹚一回社会浑水就把你的棱角磨成颗颗砾石，最后腐朽成一块棉花样的细絮归入尘土，烟消云散。

人生一辈子，浑浑噩噩来到这个世上，又恋恋不舍地离开亲人朋友、同事、老师、同学……几多欢喜几多愁，谁人又能说得清。谁人面前不说人，谁人后面又不会被人说。

人既为人，就要做人事说人话，以博得大家尊崇爱戴，才算自己不白来这个世上走一遭。

文章华丽千万，也只能读给懂你的人，在不懂得欣赏的人面前，你什么都不是。花花绿绿的钞票才是心动加速的关键，在以欲望为追逐的意义之上，在孩子们的眼里，称心如意的玩具就是他们最大的幸福，你不能不说，需求在人生活当中的重要性。

欲望之美要有度，灵魂之美在于洁。安藏一颗纯洁的灵魂，笑看世事纷扰，不醉于情，不迷于乱，不苦于所求，这何尝不是一种有意义的人生呢！

我们生活的这个时代

我们生活在一个五彩缤纷的时代，是一个眼花缭乱的时代，人们在获得极大物质的同时，也在缩减着这个时代本应获得的东西。我们倡导爱，爱自己，爱他人，爱我们生活的这个时代，而我们中间却有好多人迷失了方向，迷失了自我，迷失了生活的航向。我们的内心是空虚的、寂寞的、孤独的，思想是忧虑的、沉重的。

在极大物质与精神面前，我们获得了太多太多，千奇百怪的事情在我们身边发生，什么事情都有可能在下一秒被曝光。这是一个信息爆炸的时代，我们对任何事情都见怪不怪。高新技术的日新月异，我们生活在一个急剧泛滥膨胀的时代，诚信严重丧失，爱情靠钱去救赎，好像什么都是以金钱作为衡量人在社会中的标尺。

日新月异的时代，极大的物质欲望，滋生出越来越多不靠体力靠姿色，靠蛮横靠黑靠行贿受贿等手段，掠夺钱财，达到走上上层社会的目的。人们已摒弃了中华民族的传统美德，摒弃了真善美的道德情操。

在这样一种时代背景之下，我们要做什么，作为一名文字工作者需要怎样去做，处在各行各业的辛勤劳动者要怎样去为你生活的这个时代做什么？

北大的一名校长对即将毕业的学生说，你走出校园是一个什么样的人，这个社会就是什么样子。我很赞同这位校长的讲话，如果我们人人都能以一个时代的责任者，以社会的主人翁来对待这个时代，对待周围的人，让自己自律一点，对自己要求高一点，把目标放大点，心胸开阔些……那何愁我们这个时代不会美好，何愁我们生活的这个伟大时代不能够创造出人类史上最伟大的业绩与成就？

可社会是一座森林，有老虎、大象，也有松鼠、野兔，总有一些冒险者像鬣狗、豺狼一样去伤害、去掠夺别人的食物。胆子越大野心就越大，获取到的物质就越多，占用的社会资源就越多。所以，社会上好的资源都被有钱人官老爷截取掉了，这样一部分人，扰乱了我们这个社会，引起了人们的愤恨。我们国家所倡导的治理贪污腐败、扫黑除恶等一系列重拳，就是一场及时雨，饥饿时的面包，黑暗中的灯泡，大快人心呐！

这是一个诱惑力极大的时代，看见别人开好车，住洋楼，自己心里就不平衡，殊不知，别人在获取财富的过程中，也付出无尽的艰辛和努力。这个社会人人都有出彩的机会，都有机会把自己改变为另外一个更好的自己，关键是你也要努力才行。这就是机遇和你自身的定力。机会和定力不够的人，最终也是竹篮打水一场空。所以，坚持不懈地努力是最重要的，只有经过长期不解地刻苦钻研，才能磨炼出完美无瑕的自己。

社会在发展，时代在进步，我们只有把握好自己的这一叶小舟，才能在惊涛骇浪中不被打翻，才能顺利地抵达人生彼岸。

人生本是一场历练

时光荏苒，转瞬即逝，在不觉间，日子就将我们推到不惑之年。

几多清愁几多烦忧，几多沉闷几多彷徨，现实生活中，不如意之事十有八九。我们已不再青春年少，不再意气风发，总是在失落与希冀中，在泥泞的生活夹缝中拼命挣扎。我们已不再是从前的自己，皱纹已爬满憔悴沧桑的脸颊，白发像银针一样一根又一根地在头顶上遍地开花。我们肩负着一个好儿子或一个好女儿的重担，承担着一大家人的吃喝拉撒，努力地做着一个好丈夫、好父亲的良好形象。

我们苦吗？累吗？在至爱的亲人面前，我们不能说累，更不能说生活的苦，因为你就是他们的榜样与力量，是他们生活的脊梁，是他们生存下去的动力和源泉。

七月的夏夜多么让人陶醉留恋，你不能独自去欣赏，你要带着年迈的父亲母亲一起享受这大自然的神奇美好。你要领着儿子、女儿牵着妻子的手，让家人共同享受天伦之乐。

曾几何时，你也凭栏远眺，遥望苍茫大地，雄心壮志豪情万丈，也想做出一番惊天动地的伟业，而踏入社会之后，感觉要实现心中的梦想难如登天。

那些与你曾经是铁杆的弟兄，也都像变了一个人似的，感觉离你越来越远。人心变幻莫测，唯有在用你的时候，他们才会向你靠拢，在你没用的时候，你什么都不是。社会就是这样无奈和冷酷，容不得你有丝毫的遐想和憧憬，容不得你有半点的肆意与矫情。

在大自然的丛林法则中，你永远是被吃掉的或者最先被淘汰的那一个。人生何其难？你像受伤的动物，独自游荡在荒野中觅食。你静待着一场暴风雨或者出现一只更凶猛的野兽，把你从这个悲情的世界上带走……

可在现实生活中，你却不能这样懦弱地活着，你必须是一只盘旋在天际的雄鹰，时刻守护着家人的安危与幸福，让他们在明媚的阳光下，生活得祥和快乐。

山高水长缱绻相依，未来人生的道路，可能更加崎岖泥泞，你将涉过千江万河，抵达人生的彼岸。

历尽千帆，归来仍是少年。你坚信，岁月偷走的仅仅是你的年轮与容颜，沉淀下来的是永恒的初心与无畏的誓言。你将逢山开路，遇水搭桥，没有任何事情，任何风浪能阻止你铿锵有力的脚步，你将铁骨铮铮掷地有声地行走在荒无人烟的大地之上。虽然生活赋予你以阴霾甚至更大的不幸，你亦如空气中的尘埃一样虚弱渺小，可是你有钢铁一般顽强的意志，生命定会回馈你额外的温馨和甜蜜。

相信生活，人生本来就是一场历练，一场马拉松式的长跑比赛，你已变得更加稳健淡定与从容，你将是夜空中一道灿烂的星河，映射出迷人的光彩，畅游在青山绿水间，将初心使命铭刻在心。

第四辑　文学，从未离开过

文学，在以一种更加迅捷、更加坚韧与精彩的力量走进我的生活，那满含泪水怯弱的表情，击打着我翠拔的心海，山涧的风声响彻整片身躯，似山洪般猛烈地撞击着我的整个身心宇宙，这是文学的力量，在历史长河中绵延流淌着……

文学，从未离开过

多少个不眠长夜，我仰望夜空中闪烁的星河，每一颗星星都代表着苍穹下独一无二的人类。星星是有心事的，它把自己每次所能散发出的光芒，都努力地映照出来，生怕自己不被身边熠熠的月光所感知。

我走在怅然而又隐匿的文学道路上，一直都在行进着，虽然坎坷崎岖，但在内心深处，我从未离开过。我早已被文学的纯尚魅力所俘获，早已被它浸透同化，文学已在我明亮的心域生根发芽。虽然外部世界一直在沙化文字，但饥渴的诗歌、散文或小说……在渐行渐远处，总能抢夺回丰润的雨露。其实，我的内心也是呈沙漠状的，在抗风避寒的日子里，我只能一次次眼看着自己丰饶的内心逐渐干涸——我不得不去面对我所面临的现实生活。在阴雨霏霏的日子里，我像一只孤鹰，独自躲藏在悬崖峭壁之上，洞察着周围飞过的欢天喜地的鸟群，它们叽叽喳喳地喊叫不停，在和煦的微风中，在澄明的蓝天下，做着优雅的姿势，享受着人类丰盛美食所能带来的喜悦。那孤寂的苍鹰，横穿在峡谷的最深、最远、最低处，艰难地跋涉在滚滚乌黑的云朵下面，惆怅地伸展着倔强硬朗的翅膀。

文学，在以一种更加迅捷、更加坚韧与精彩的力量走进我的生活，那满含泪水怯弱的表情，击打着我翠拔的心海，山涧的风声响彻整片身躯，似山洪猛烈般地撞击着我的整个身心宇宙，这是文学的力量，在历史长河中绵延流淌着……

文学，我从未曾离开过。不管山河日月如何巨变，文学的种子，已在我的世界里，肆无忌惮地翠绿疯长。

我一直把文学当作自己灵魂的安息之所，不管世事如果纷扰、零乱、摒弃，我一直在努力地静养。

在它波澜壮阔的心海里，不言语不放弃，静静地将自己徜徉在它温暖的港湾。

路遥，文学史上一座丰碑

时光是一把锋利的镰刀，总在收割那些像麦子一样疯长的人。路遥便是其中之一。他刚过不惑之年，时光便匆匆了却了他的一生。

时光带走的是路遥的躯体，沉淀下来的是一种精神，那种与生命做无畏抗争的力量，那种用顽强意志力在自己有限的生命中挥洒出来的勤奋坚韧与担当，为文学界树立起一座辉煌的丰碑，至今无人撼动、无人超越，无人能把他的功绩在中国文学史上抹去。

庚子年的初春，陕北大地下一场爽快的雨特别艰难。今夜我想起了路遥，老天爷像是眷顾这个在文学史上做出过重大贡献的人，就畅快淋漓地在这块干枯贫瘠的土地上飘洒起雨来。这雨可能是为路遥而下的，因为路遥悲悯的双眸，无论他走向哪里，心里都装着陕北这块悲壮沧桑的土地，心里装着这里土里刨食的人们。

时至今日，路遥离开这片土地，已经整整二十八年了。

路遥走的那年，我还奋战在高中，虽然我和他一直未能谋面，但在遥远的陕北小城，有一个人因为他的离去而泪流满面、伤心恸哭。

路遥，你是我心中的一面旗帜，一朵永不凋零的花蕾，一座辉煌的人生灯塔。你的离去让我长久地不能在学习上进行下去。我曾在寂寥的神木大街上行走，曾在街头的每一个报刊亭疯狂地寻找关于你的细微消息。

我看到在吊唁现场你的女儿路远哭天喊地近乎昏厥，呼唤着爸爸的名字，你终未答应，你一直沉睡着，永远地沉睡着。这可是你的心头肉——路远啊，你曾经为乖巧的女儿要吃一份汉堡而跑遍整个大街小巷，为了路远你心甘情愿。这种亲密无间的血缘关系是无法割舍的，也是无法阻止的。没有人知道此刻熟睡的你，心中该有多么的肝肠寸断、撕心裂肺。我还看到你的弟弟王天乐，你是最愿意把自己心事讲给他的人，一直陪护在你的病床前，给你鼓励和安慰。这个曾经给你经济上巨大支持的弟弟，这个曾经给你讲一晚上关于农村鸡毛蒜皮故事的弟弟，你也没搭理，头都没回，轻轻地走了。你带走了千万人的留恋和梦想，带走了人们对你无尽的牵挂与思念。

在文学这座大山上，你翻过去一座又一座，直至生命枯竭。我最早接触关于你文学上的东西，并不是你写的书籍。那时候我年龄尚小，大概只有十岁。我们小山村播放你创作的首部电影《人生》，只可惜，播放地距离我家爬坡陡洼较远，并且是在晚上播出，我没有去看成。只听到看完电影的邻居家哥哥第二天回来说，看过《人生》，自己这辈子死了也不后悔。我无法想象这部影片该有多么大的魅力，虽然这样的话语，出自一个憨厚质朴的农民之口，但在我的心里一直期待着，能看到这部影片的全部情节，这也是我多年来的夙愿。

上了县城高中，是我人生当中最重要的阶段，我不仅看到了你印刷体的《人生》版本，还看到了你最早发表的《惊心动魄的一幕》《在困难的日子里》等作品，不仅看到了恢宏巨著《平凡的世界》，还看到了《早晨从中午开始》。我走上文学道路的种子，就是在你这一本本耀眼的书籍当中，悄然播种下去的。

文学是一项马拉松式的长跑比赛，是永无止境的精神与肉体折磨。常人是无法理解的，尤其是你，为自己设置的一个又一个生命高度，一个又一个去突破，这需要多么大的意志力才能去完成。

直至现在我都信奉你的人生信念，你的作品是给大多数民众来读的，是给普通读者看的，不是给那些所谓的专家和权威人士研究的；不是给主流媒体写的，更不是给权贵们拿出去为产生快感而炫耀的。你的心永远是和劳动人民在一起跳动的、轻舞的。这种一往情深、勇往直前的气概究竟吓退了多少人，我不知道，也没去统计，但特立独行的你，行走在陕北苍茫的大地之上，身体是直立的、干练的、率性的，没有人能够阻挡你大步流星、奋勇前进的步伐。

我想到你用生命完成的百万字巨篇《平凡的世界》，最开始被多家主流媒体拒之门外。在“专家”们的眼里，这部宏大的著作语言平淡，思想陈旧老套，不符合他们审美情趣。只有花城出版社独具慧眼接纳了你；只有在中央人民广播电台工作的老同学的力荐之下，才把你的文稿让世人知晓。这是怎样的一种苦痛与煎熬？无人理解、无人能明白你的苦闷与迷茫。我想到了川端康成和你小时候同样的孤独凄苦，想到了卡夫卡和你同样在这个世界上抑郁、苦闷、无奈与失落，想到了你和西部诗人昌耀一样清贫与窘困，没有弟弟王天乐在生活上的接济，你怎样在这个坚硬的水泥世界上生活下去？

文学是你的宗教信仰，也是我心中的万年长青，在被生活挤压蹂躏的日子，我想到了你。文学让你远离女儿路远，放下给你无限关怀的妻子林达。我猜想，你也曾经想过去做一个平凡的人，混在浑浑噩噩的世界上，做一个好丈夫、好儿子和好父亲，可是你却没有这样去做，这样做就不是真正的路遥了。

胸怀苍生、悲天怜悯是你无上的誓言。看着你为后来的我们建造的这座高耸入云的丰碑，很难有人跨越很难有人越过你的精神大厦。

远远地站在你的墓碑前，远方仿佛升腾起你沉思凝神、壮实宽厚的肩膀。我想走近你，靠近你，距离你再近一点，那亮光闪烁成你高大伟岸的影子，操着一口陕北话，刚毅的脸上，目光深情地注视着前方，那是人们为你修筑的丰碑，它深深地镌刻在人们的心里。

路遥，你是文学史上的一座丰碑，追梦人心中的丰碑，中华民族的精神丰碑。

他不会被时光磨灭，不会在岁月当中消逝，不会在人民心中被遗忘。

土地的悲鸣

每一块土地都会孕育出自己独有的万物包括动植物、人以及吸附在它身上的河流、山川、岩石……刘志成是生长在陕北崖畔上的一株山丹花，他以自己昂扬向上的顽强身姿最终在文学创作上拼杀出一条血路，把好多所谓的名家大家甩开很远，他用博大的胸襟、展阔的视野一次次告慰他所在的生他养他的陕北这一块热土。

我们不谈刘志成的苦难文学，就说他的作品带给陕北这块悲怆土地的意义，带给生活在这块千疮百孔的土地上人们的觉醒和自省。他的作品都是有相当深远意义的。

我和刘志成的相识是在二十世纪九十年代初，一直痴迷文学的刘志成在高中还未毕业就创作完成了民歌搜寻集《活格睁睁留下妹妹你走呀》，走出校园后不久，陆续推出自己的散文专集《塞北风情录》《边地罹忧》《裸坦的渴意》等作品。可以说，这是刘志成对陕北这块贫瘠悲怆土地的歌唱，是发自肺腑的呐喊。他在拯救文化的同时更多的是用自己还很稚嫩的声音发出最无奈的呐喊，他所创作的作品是伟大的、虔诚的，除了牺牲自己的体力、脑力之外，更多的是觉醒的意识，虽然是微弱的，但意义是非常凝重深远的。他是陕北这块土地的儿子，他感觉自己有更多的责任和义务去唤醒人们的意识，从而达到齐抓共管之目的。

有人曾经说过，文学如果不能成为当代社会的呼声，不敢传达这个社会的痛苦与恐惧，不能对威胁着道德和社会的危险及时发出警告——这样的文学是不配成为文学的。

刘志成的文学，一直都在和这块悲鸣的土地同呼吸、共命运，他把对陕北这块土地的爱，深深地植入自己的骨髓，流淌出殷红的鲜血。

陕北文化可以说，一直以来都是荒芜的。文化的传承除了搞文字、绘画、篆刻等以外，更需要全体民众的积极参与，需要民间有识之士发挥出自我的余热。

以陕北民歌为例，现在的陕北民歌早已失去它原有的模样与味道。陕北民歌是在全国甚至在全世界都很受欢迎的一种民间文化。它以其独特高亢、信手拈来的唱法，赢得了人们的喜爱。像《三十里铺》《黄河九十九道弯》《兰花花》等文化作品，都是相当有影响的人们喜闻乐见的民歌精品，而现在舞台上表演的都已扭曲民歌最初的滋味，乱七八糟的唱法都有。这是民歌的不幸，更是这块土地的悲哀。这块悲壮的土地，呼唤像刘志成这样有魄力、有胸怀的人站出来为自己呐喊代言。而我们所谓的作家诗人甚至许多文艺工作者，只是在借着文化这块招牌，沽名钓誉地在众多场合走穴。这是土地的悲哀，也是陕北文化消亡的根本所在。

陕北经济的大发展，必然要有文化的大繁荣相适应，一座座拔地而起的高楼大厦住着一群文化白痴，连最起码的文化素养都没有，这是一种怎样的悲哀呢？连最起码的民族精神与灵魂都没有，这是怎样的一种文化荒漠呢？它必然会在许多年之后，以一种更加反哺的方式，倾泻在人们的头上，那时可能悔之晚矣！

我一直要写刘志成和他所在的陕北文化，一直未能动笔，可能是我生性慵懒抑或刘志成的思想还没有在我脑海中酝酿成熟，或者是他如波涛般汹涌的思想，我一直未能走近，也可能是我距离刘志成太近了吧。就像一个人置身于故乡熟悉的土地上，整天面对着冗杂的人和事情千篇一律一样，自己的神经已经麻木。但是当你远离故土时，那种纠结惆怅感就会在你内心深处油然而生，激扬起你万千思绪。而当我真正剥开刘志成那颗一直跳跃的内心时，我感觉自己还是动笔太迟了。著名散文家、原《草原》杂志主编尚贵荣先生推荐过他，神木籍名家单振国老师、北城老师等都为他写过力荐文章，包括高大上的中央电视台音画频道等媒体，均以不同形式刊载报道过。我才疏学浅，斗胆撰写刘志成先生，实为我之荣幸。

刘志成是陕北这块土地上的奔波呼号者，是除了柳青、路遥、刘成章、史小溪等名家之外，又一个把这块土地当作自己信仰的人，而且是虔诚的忠实信徒。他的《舞蹈在狂流中的生命》《怀念红狐》《一条歌的河流》《陕北歌悠悠》等佳作，一再地诉说着这片热土，这是刘志成内心亘古不变的责任和情怀。虽然他早已远离这片灼热的土地，但他一直关注着生活在这里的苍生，他笔下的文字代言着这片土地上的一草一木，这里的山川河流都会在他的心间拨动起云雾，热气翻滚起来，自然万物在他的笔下凝练鲜活起来。

陕北的土地注定是不同寻常的，刘志成也注定是不平凡的。翻开他原汁原味带着油墨馨香的民歌集——《陕北歌悠悠》《一条歌的河流》，仿佛置身于陕北这片深情厚重的土地上。他在和时间赛跑，他怕迟了，那些属于这片深情土地上最精华的元素就会消失殆尽，永远在人群中间被遗忘。这是多么可悲的事情啊！在抢救民族文化瑰宝上，他是这片土地上的勇士，也是让陕北这块热土最值得骄傲和自豪的忠诚儿子。

这块土地上独有的文化太需要人们珍惜了，除了民歌以外，还有陕北唢呐、面人、剪纸、腰鼓等，都是这片悲泣土地上的人们长期生产生活实践中智慧的结晶，都是这片土地上生长出来的独有的符号和元素，均应当值得被珍视。

我伫立在窗前，莽莽的远山与天际中的白云相连，缓慢的云朵在我的视野中飘了过来，大街上仍然人声鼎沸不绝于耳，人们在喧嚣忙碌中各自把生活过得幸福美好。天空中飞过一只大雁，它独自哀婉凄楚地鸣着。这是一种神韵，也是对这块神奇绚丽土地的倾诉与表达。像刘志成一样，一直在为他出生的这块土地悲鸣与哀叹。

秋思之歌

想你的时候，你是黄土地上一首质朴的信天游；

见你的时候，你是麦苗上一颗晶莹的雨露。

你说，你是秋天的儿子，在二十世纪七十年代一个秋雨萧瑟的夜晚，随着毛乌素沙漠雄壮的舞姿，带着古长城亘古的悲鸣，你来到了人杰地灵的北国。

你说，是秋天诞生了你的生命，是秋天为你插上了飞翔的翅膀，所以你亦喜欢在秋季里遐想……

小时候，你就喜欢独自徘徊在秋野，凝视着原野上一颗颗洁白的露珠，梦想着自己未来的路能够长长远远一直行进下去……在凄苦严寒，忧郁闭闷的童年，你终于上学了，在书的海洋里，你如饥似渴地吮吸着丰富的营养，思索着前辈们留下的不朽巨著。可能是书中跌宕起伏的情节感动了你，也可能是你的善良与纯洁打动了上苍，在阴沉悲怆中，你低吟起自己韵味别致的《七月·九月》。

你没有忘记生你养你的故乡——《小溪流·村口》，《待到寂寞时》，你站在故乡的硷畔上，眺望着《陕北秋乡》。

你说，你是黄土地的儿子，是黄土地哺育了你。于是，在《夕阳沉落的地方》，你独步在《偏远的茅屋》，沉思着麦场上沉甸甸的喜悦。

在一个很美好的机遇中，你带着家乡浓厚的土腥味踏入了“延安文艺杯”的门槛，见到了你朝思暮想的作家记者和编辑。在圣地延安，著名作家《高建群印象》，给你的记忆非常深刻。曾几何时，你倚在《窗前岁月》的门口，梦想着当一名诗人作家，泪水悄然在你的脸上滑落。《不要问为什么》，你仿佛一下子成熟了许多。

二十世纪九十年代初，你歌唱着自己的《生日》，走上了全国大中学生作文大赛的领奖台。你一直说，仿佛自己是在做梦，是《妈妈引我上路》的，你将自己的感慨与心事拼凑成《蓝天下的寻觅》，出神地凝视着秋天的片片落叶。每每走在回家的路上，你怀里揣着一大堆关于秋天的故事，一步一个脚印，让故乡的炊烟升起在《读秋》的回忆当中……

那年的深秋天气已感觉颇冷，而陕北大地的春天还远远没有到来。你说，你要去一次远行。于是，你收拾起自己多年的劳动成果——各种荣誉证书，获奖证书，撰稿人证书……踏在希望坚毅的征途上，潇洒阔步地走向远方……

不灭诗心

记忆的天空会闪烁过许多人，但总有那么几个人会在你的脑海中留下深刻的印记。

也许这些人和你未曾谋面或相识，但心灵感应与召唤就像老朋友一样让你始终挂念。在我心里一直感念的这个人就是著名诗人王昌耀老师。

一九九四年的初秋，无意间在《诗神》杂志上读到诗人昌耀先生的新作《命运之书》，在市场上非常艰难地售卖之后，那一夜我彻底无眠。

先生写诗三十二载，属于第二次出版自己的诗稿，并且印刷量仅有两千七百册，在崇尚读书的社会当中，售卖异常艰难，这可是先生用血泪铸成的史诗般的典藏籍，甚至是用毕生完成的具有里程碑意义的精品集，却在市面上无人问津，多少让人感到心痛不已。

我是一个从小山村出来求学的在校生，每当看到此情此景，心里总是忐忑不安。先生当时可以说，生活得非常窘迫，烟瘾很大，由于手头拮据把香烟戒掉了，所写的诗歌更不是粗制滥造以赢得掌声和稿费。先生往往是惜字如金，把两首诗写成一首诗。尤其是，先生写了几十年诗歌，竟然没出过属于自己的几本像样专辑，让人唏嘘不已。我猜想还是由于先生在经济上拮据的原因吧。

搞文学是最不赚钱的营生，并且是最苦、最累的行当。我想到路遥写作的窘境，想到川端康成……这项人类最伟大的事业，所传递出的经济指数是社会中最卑微、最廉价的。

诗人是这个社会的“另类”，他们独特的思想，闪耀着人性的光辉，是接受人类思想敏感度最高的人。他们是寂寞孤独的，喷薄欲出的思想火花为人类变得更美好而甘愿承受炼狱般的煎熬。他们是天使，是真善美的化身，把人类在文明进程中暗藏的污垢洗涤干净，是神圣的、圣洁的、纯粹的。

昌耀老师的诗歌就是一种对人们心灵上的剃度净化，直射出思想精髓的亮光，像中世纪但丁的《神曲》，对人们的灵魂进行修行与超度。

每个人都是自己思想上的独裁者，昌耀是，海子是，顾城也是……在不屈的神性意志中吟唱出自己独具个性的诗行，挖掘出自然万物、人性、故土与爱情等深层次的本真。这种超越自然法则的思想者，岂非等闲之辈所能做到。

买还是不买《命运之书》，在我的脑海中盘旋了两天。我想到神中大门口售卖五角钱一个的“方酥饼”，想到自己租赁的房费一个月五元钱……可能是机缘巧合吧，我的一篇小文章在《少年文艺》发表了，报社以汇款单的形式，给我寄来十元钱稿费，我当即决定，买这本让我既喜欢又怜爱的《命运之书》。

按照邮寄地址给先生寄去了七元五角钱，约一周之后收到该书。文人相怜也相通。先生在扉页上遒劲的签名，一看就是那种老知识分子的颜容。我迫不及待地将诗集打开，大致阅览了一遍。最难能可贵的是昌耀先生还为我写了一封短信，只言片语间，让我好好努力读书，把学业完成。只可惜，由于时间太久远，我未能把这封短信保存下来，甚是遗憾。

《命运之书》横跨40余年，是先生人生当中的绝大部分时间。仔细梳理一下书的内容，主要是先生在二十世纪五六十年代人生风华正茂时期，也是最受苦受难的时候（“文化大革命”时期打倒“牛鬼蛇神”，昌耀先生是受到迫害最深的人之一）以及八九十年代所写的诗歌最多，也是先生重获自由之后思想迸发的精华期，诗的体量很大。

序是诗人邵燕祥老师所写，邵老师和昌耀先生的交情甚厚。《有个诗人叫昌耀》一文把先生直截了当地推出文坛，而昌耀先生是那种不为利己、更不爱哗众取宠的爱沉思的人，那种一直在文坛上默默辛勤地耕耘着，做着自己梦的人。也有先生自己写的一个篇章，主要是谈论人的命运，多是机缘巧合的人生事情。书的最后有作家周涛以及诗人伊甸、骆一禾、叶橹，对昌耀老师诗歌的评论与专访。

二〇〇〇年的春天，听到先生去世的消息，我难过了许久。虽然我和先生一直未能谋面，但感觉和先生的心是相近相通的。虽然我们相隔万里之遥，但我能理解并且想到先生在困顿寒酸的日子里，有一颗强大的诗心一直关切着芸芸众生，也包括我。我感觉自己和他已经没有年龄上的代沟，在娓娓道来的沧桑岁月中，人情冷暖一直没有让一颗为人类奉献的博大诗心泯灭。

感谢生活，感谢命运，感谢在我人生的启蒙时期，让我认识了王昌耀老师，愿你在天国安息并富裕。

生命如流星划过夜空

人在越老的时候，越会回想起年轻时所经历过的许多往事，回忆是人和其他动物的本质区别，而走向死亡是谁也逃离不了的终结命运。

我和刘忠平是同学亦是文友。我和他相识于二十世纪九十年代初。其人善良诚恳踏实，我们很自然地走到了一起。一起念书的时间大概有两年多点吧！我们踏着青春的步伐，观过日出，看过日落西山时的忧伤与失落；我们踏着年少时的梦幻，寻寻觅觅在二郎山、龙眼山、窟野河、五龙口河畔。时光匆匆流逝，不觉间，我们就都相互告别学生时代生涯。毕业之后的刘忠平，据我听说，曾有那么一小段时间，和母亲一起推着三轮车，站在大街上吆喝着贩卖过水果，并且是在暗淡的路灯之下。忠平家贫，我曾和他一起去过很多次他们家，从简单的家什就能看出，生活对于他这样的家庭来讲，供养忠平读书已是非常不易。

忠平很早的时候，亲生父亲就早早去世了，家里只有一个姐姐和母亲和他相依为命。姐姐年龄和忠平相差无几，天生丽质气质不凡，而我认识忠平的时候，其母亲已经改嫁到神木县城。继父是剧团有名的演员，我和忠平要好，总会时不时地和他一起去店塔或神木周边地方，总能看到免费的戏剧。神木隶属于陕西，而最北的神木人，听秦腔的却很少，看得最多的是山西的晋剧。晋剧平缓舒畅，而秦腔却给人以亢奋撕裂感觉。记忆中，我和忠平是看过不少晋剧的，《孙悟空三打白骨精》《铡美案》等，也算是我沾了他不少的“光”。

我之所以和忠平要好，最主要的原因是他写得一手好字，小小年纪，楷书、行书、草书、隶书……非同一般，尤其是他的篆刻，对所写字体的整体把握与设计，小刻刀在他的手里显得游刃有余、张弛有度，这是一种天赋，我站在他的身边总会在内心情不自禁地发出啧啧赞叹。很自然“近水楼台先得月”，忠平给我雕刻了许许多多的印章，虽然所用材质价格低廉，但忠平总能雕刻出与别人不一样的美感来。

时光就这样漫不经心地流逝着。分别的一年多时间里，我们聚少离多，之后，我又去了较远的地方去追求更好的人生。青年时期，这样的生活在每个人身上或许都闪现过吧。而在我走后不太长的时间里，忠平也终于有了自己的人生着落——进了本县创办的一家地方电厂。终于有了一份固定工作，这对于忠平来讲，确实是非常幸运的也是满心欢喜的。他将自己的满腔热情投入到自己的工作当中，勤勤恳恳、兢兢业业。在参加工作不到两年时间，忠平也谈了自己心仪的对象，结婚的时候，我们要好的朋友都去随礼捧场，红红火火热闹异常。再后来，忠平有了自己宝贝女儿，有了属于自己的安乐窝。忠平干什么事情，总是积极乐观向上，厂里面的家属房，他是最先开始装修的，积极进取的心态，也造就了他勤奋努力的性格。看着忠平的日子一步步好起来，我们都为他感到欢欣鼓舞。

然而，这种幸福、快乐、美好的日子，命运并没有给忠平留下太多时间，就在他将命运之神信心满满地握在手心时，命运却将他狠狠地抛进了万丈深渊——他还是在一场意外的交通事故中，失去了最宝贵的生命。噩耗传来，我悲痛欲绝……河流山川一片呜咽，皇天后土阵阵战栗发抖……在哀伤痛心的日子里，忠平的遗骨被安顿回了老家。

现在忠平已去世好多年了，我会时不时地回忆起这样一位好同学、老朋友，他是距离我这样的近，而却又是那样的远，近得一直在我的脑海里像影片一样闪现，远得永远在人世间再难以如面。

就在这寂静的夜晚，就在这风声鹤唳的时刻，他的生命如夜空中的流星在上空划过，却给这美好的人间留下了精彩的瞬间，留下了真诚善良与温暖。让我们为他祝愿，愿他在天国没有贫穷苦难疼痛，愿他在地下永远安息！

路遥的《人生》与《平凡的世界》究竟要告诉我们什么

这两部作品是路遥先生在有生之年，最具有代表性的和里程碑式的伟大作品，是在中国改革开放后的十余年间，把发生在陕北大地上的人和事全景式地进行了回顾与展望。其运用现实主义手法，把中国农村向城市发展的阵痛与艰难，讲述得淋漓尽致。

首先说《人生》，这部作品主要的感染力在于人性的纯粹与心灵的本真，在于人性的光辉与澄明，在大的时空转换中。高加林如果一直待在农村，那刘立本的二女儿刘巧珍，就是他的人。问题是，高加林永远是高加林，他不是马栓，更不是开拖拉机的三星，他是一个有理想、有追求的有志青年，这也注定了高加林从一开始就和刘巧珍的悲剧。他要跳出农村，只有走出双水村这个地方，他才能脱离高明楼、刘立本这些有钱有势人的樊笼，脱离这些无形手掌的掌控。

高加林是有能力的，是有知识、有文化的青年，在双水村这个巴掌大的地方生活，他是憋屈的、痛苦的，巧珍的爱让他既感动又感激。巧珍的这种爱是毫无保留的，不是黄亚萍对高加林的爱，掺杂着名利；巧珍的爱是朴实的、纯粹的、持久的，也只有高加林这样的农村新青年，才配得上巧珍的这份执着与朴实无华的爱。当高加林背着铺盖卷回来，看见德顺爷爷时，无由地泪水夺眶而出。这是所有农民儿子的哭泣声，在读者身上产生撕裂般的疼痛，让所有人伤感、压抑、痛苦，这也是《人生》的最高潮部分。物是人非，没有巧珍的爱，高加林还得继续生活，继续和从这片土里刨食的庄稼人一起见面劳动，这就是生活。无论生活把你推向哪里，你都得接受或承受，由不得你去抉择，你只能和命运做殊死的抗争，没有别的选择。被城市一巴掌打回来的高加林，只有他的故土，只有他的亲人们接纳了他，只有这一片热土还在爱着他，接受他的不幸、难过与悲伤。双水村的泥土是芬芳的，水也是甘甜的，这是他永远割舍不了的情结。由农村到城市，再由城市回到农村，这样一条主轴线，反映了农村新一代青年人的自强不息、敢想敢干、永不服输的拼搏精神，这也是路遥要告诉我们的最重要的思想。人，要有追求和梦想，哪怕是跌倒了也要再次爬起来，继续追逐心中的梦。这样的有志青年，谁人不心生怜悯、谁人不会去爱呢！

《平凡的世界》是路遥《人生》的升级版。写作背景都是描写陕北黄土高原上的人和事。这部恢宏巨著，还是讲述苦难深重、贫穷潦倒的农村青年人的生活。作品的最开始是一场大雪，把读者引入一个寒冷刺骨的场景中。就是在这样天寒地冻的鬼天气里，学校里的孩子们还在认认真真地学习着、生活着，这是路遥经过冥思苦想找到的文章开头，也是给后面的写作埋下的伏笔——没有这一场雪，凸显不出孙少平的苦难，日子更加艰辛。其实，路遥先生要告诉人们的是，在那个苦难的年代人人都是悲苦的，即使是能吃上白面馍的顾养民，同样是艰辛的，只是孙少平的凄苦更甚一些罢了。

所有伟大的作品，都是以爱情来打动读者的。

《平凡的世界》也不例外。孙少安和田润叶、孙少平和田晓霞，两个亲兄弟和两个表姐妹的爱情展开。关键问题是，少安、少平这两个农村有志青年，身上所散发出来的气息是让这两姐妹最致命的，可以说是毫无抵抗力的。润叶心里知道，即使她不找少安哥，也会有成千上万的农村女孩子找少安哥的，因为有能力、有本事的孙少安，走在哪里都是一片光芒。他是一个有担当、有魄力、有血性的年轻人，即使是种地，也会让生命之花在泥土中绚烂地绽放，这是所有村里年轻人都不能比拟的。少安就是田润叶心中的最佳伴侣，而润叶只能去爱去仰慕却不能得到少安。爱屋及乌的田润叶，把对少安的爱，转变为对少平以及少安奶奶的爱，又是眼药水，又是粮票……你不能说，孙少安不爱田润叶，不爱那是假的，因为田润叶一次又一次在孙少安面前示爱，少安能不明白吗？少安不是傻子。路遥要告诉我们的是，少安是一个沉得住气的人，是一个带有优秀气质的人，但凡有本事、有能力的有志青年，都带有这样一种气质。所有的事情机缘巧合，天时地利都不能让少安和润叶在一起，首先最反对的人是润叶她爸、润叶的二妈等。这注定就是一场苦难的爱情，这种不受欢迎的爱、不被祝福的婚姻，注定是一场人间悲剧。不管润叶多么努力多么爱孙少安，横在他们两个人之间的爱情面前的绊脚石太多了，最后只能是劳燕分飞。

孙少平和田晓霞的爱情比起哥哥少安和田润叶，他们俩似乎更开放，更能懂得爱情的真谛。田晓霞一次次在煤矿看望孙少平，在世界最恶劣、最荒蛮的环境中，作为田福军的女儿，能和一个穷苦掏炭小子在一起，这是怎样的一种精神力量。一位省报记者能爱上一个掏炭小子，这是现实生活中的乌托邦。文学作品的美，就在于把现实生活不可能的事情，天马行空地变为可能，这也是文学魅力的伟大与自由。少平和晓霞比起少安和润叶的阻力要小得多，但地位悬殊，两人身份的落差还是巨大的。虽然田福军很欣赏孙玉厚这两个小子，但毕竟自己是有头有脸的地委书记，无论走在哪里都是人抬着走的人，所以正因为少平和晓霞没有太多的绊脚石，路遥先生只能安排让一个人先走，结果田晓霞先走了，以一种悲壮式的赞歌走了——在一场大暴雨采访中，被洪水冲走了。这对孙少平来说是多么大的悲痛。爱得放手不可怕，可怕的是他们之间还深深地相互爱着彼此，活生生的一个人，说没就一下子没有了。这让多少读者无论如何都不能接受。读到这里，让人揪心、失望、遗憾都是不为过的。

现实永远是现实，放在每个人的身上你都得去承受。

《平凡的世界》讲述的都是平凡的人，很普通的两个社会底层励志青年的故事。两部小说的中心，都是苦难、爱情以及奋斗。不管在什么样的情况下，不要放弃，不要彷徨，不要等待，要做生活的强者，自己命运的主宰者，这才是最重要的。这两部重要的文学作品，激励了生活在泥泞中的千万奋斗者，鼓励了一代代忧伤失落的人。它的精神价值，已经远远超过其文学价值，它给年轻人指明了方向，起了良师益友的作用。

相信，读过这两部书的读者，一定会在心灵上有非常大的触动和精神的提升，这也是作家路遥写此书的内涵、意义与初衷吧。

乘着梦想的翅膀去飞翔

一个人的梦想决定着他的飞行高度与飞得有多远。在陕北大地有一位一直为人生梦想努力追逐的人，他就是我的老师——黄瑾先生。

他是一位为教育事业倾注了毕生心血的人，在追逐梦想的路上拼搏了大半辈子的人，他也是一位特别宽厚善良的一个人。他像一支火红的蜡烛，燃烧了自己照亮了别人。

十年树木，百年树人，一直是教书育人的最高目标和准则。国与国之间的竞争，最终就是人才实力的竞争。

黄瑾先生是我最尊敬的一位老师，也是我的良师益友，是我人生道路上一直膜拜的楷模。感谢命运让我在人生道路的求学生涯中遇见他，使他成为我人生前行路上的一座灯塔，成为我生命中的一个闪亮路标。

我与黄瑾老师相识于二十世纪九十年代初，改革开放的春风已吹遍了祖国的大江南北。那时候，黄老师刚刚从大学毕业，学校就将他分配给我们来做班主任。他教我们的是地理课，可是他除了给我们上地理课之外，在课余时间，还穿插着其他学科。记得当时，班级里经常有各种文体方面的赛事，黄老师知道我能写敢写，就常常将这种“美差”托付于我。学校的各种通讯报道、广播新闻等大部分的“差事”都交给我去撰写。这样的“美差”不仅锻炼了我，也使我不断地在文学的高峰上慢慢地攀爬。我走上文学创作的道路，和黄老师有不可分割的关系。在他温厚炽热的内心深处，只要学生们想学肯学，他都会全力以赴地努力，所以在他的带领下，我所在的班级，无论是地理课的成绩还是别的文化课的成绩，都在年级里面遥遥领先独占鳌头。

一个人有一番成就，必须有顽强的意志力，要付出艰辛的努力和拥有卓绝的专业技能，才能赢得成功和赞誉。黄老师在教书育人这条战线上，一走就是整整三十年。从最早的神木中学到锦界中学，从锦界中学到神木七中、四中，直至现在再次返回神木中学，一路上披荆斩棘、栉沐风雨，岁月在他饱经风霜的脸上刻下了明显的痕迹。

《孟子·告子下》曰："故天将降大任于斯人也，必先苦其心志，劳其筋骨，饿其体肤……"黄老师一直视教育为自己生命的信仰与图腾，把为教育奉献、为学生不断地付出作为自己实现人生价值的目标。他毫无怨言地牺牲自己，用博大的胸怀与敬业精神作为终生事业的追求梦想，无论是寒暑时节还是风雨交加的夜晚，总能看到他略显瘦弱的身躯，穿行在校园的各个角角落落。他很清楚每一位上学孩子在家庭中的特殊位置与作用，更了解每一名农村上学孩子的艰难与困苦，他深知培养一名优秀学生该有多么不容易。因为他就是一名从农村最贫困的家庭中走出来。家里兄弟姐妹多，为了能上得起学，为了实现自己多年的梦想，他要步行五六十公里的山路，沿着窟野河沿岸艰难跋涉。这对于一个一直渴望摆脱贫穷、怀揣梦想的年轻人，该是多么茫然与孤独。为了能让他好好地上学，大姐家把耕地牛卖掉供他上大学，生活在农村卖掉一头耕地牛，这意味着怎样的辛酸与凄苦，需要怎样的决心和魄力！所以，在求学的道路上，他肩负着更重的责任和重担，他必须付出比别的同学更多的勤奋与汗水，才能对得起家人的那份期盼，对得起自己心中执着的梦想。这种拼搏的精神与向上的力量，一直支撑着他的理想信念，支撑着他在求学的道路上坚定不移地进行下去。

如果说一个人的梦想，是他渴望发展的原动力。那么黄瑾老师在自己这个亘古的初心梦里，已走过许多年。

每次看着他忙碌的身影，我在内心都会不由自主地升腾起一股心疼与怜悯，在几十年如一日的教育生涯当中，他没有完整的一天为自己和家人思忖过和设想过，他的血液已完全融入学校的各项教学管理水平的提升中，完全浸透到学生和老师的快乐幸福的骨髓里。他是学生的好家长，是老师的益友，他把更多的爱分享给千家万户，把更美的师德与优秀品质带给每一位走出校门的莘莘学子。

黄老师对生命的执着追求一直激励着我。他更多地像我的慈父与兄长。在我经受生活的一次次严酷考验中，他总是给予我鞭策、鼓励与肯定，那种积极向上的感召力，一直感染着我。在更多的日子里，在他闲暇时刻，我们会攀谈生活中的琐事以及对社会各方面的看法，他总是拿出更多新颖的观点和论述来表达自己所陈述的精彩内容。当我不求甚解时，他会以慈父般的口气进行解释，我也心甘情愿地接受他的提示和批评。

一次和神木中学毕业的校友一起去拜访他，黄老师带领我们参观了刚修建的崭新的校区。其间有位学生的家长因为孩子可能违反了校规，寻求黄老师的帮助。黄老师用简明扼要的话语，让学生继续好好读书学习，看着家长脸上洋溢着灿烂的笑容，让人既感动又感慨。是啊！每一个人在青少年时期，都会犯点小错误，谁都会有这样或那样的缺点需要改正，从而能够更加成熟圆满起来。而现在社会上一些个别学校的教育工作者，不问青红皂白地一顿武断训斥，这会在学生以后的学习生活中，留下怎样的遗憾与阴影呢！人一辈子就是一个不断学习的过程，更何况是在青少年时期。黄老师总是以博大慈爱的胸襟，对待每一位学生和每一位身边的人。每每他调离某一所学校，都会有好多师生眼含泪水，深深地在内心表达对自己一起奋斗的“战友”的不舍与留恋。这都是他日积月累相处出来的深情厚谊，让人为之深深感动，这也是他的人格魅力充分体现。

学生是学校的核心。他将满腔的热情倾注在每一位孩子身上。在更多的时间里，他会深入调查研究，不间断地深入探访，研究学生的实际情况，掌握更多的第一手资料是他多年养成的习惯。关心每一位教职工的工作生活，让每一名老师都能幸福、健康、快乐地在大家庭里工作生活，他呕心沥血四处奔忙，寻求解决问题的各种途径和方法。

仁爱博学、进步向上是他的教育理念，也是他的行动守则。理想与信念已坚定地铸就在他的胸前，弹指一挥间，他已经在教育这条战线上奋斗过了许多个日日夜夜。人生旅途，匆忙走过四季，但黄老师的生命已如夏花般绚丽精彩。

他是我人生的导师，更是我精神上的不竭源泉。他是我生命中一盏不灭的灯火，照耀着我一路前行。让我永远去感念——这样一种如沐春风般的惬意情感。

第五辑　山野

陕北的深冬已异常寒冷，飘洒在道路上的积雪与梁峁上的落雪，在微弱的太阳光照射和路人依稀的脚印踩踏之下已所剩无几了，冬季里撕裂的山风从脸颊上吹过，还是让人感觉到，钻心的疼痛。整个陕北大地，处在一种肃杀、宁静、肃穆与庄严之中……

山野

第一章

陕北的深冬已异常寒冷，飘洒在道路上的积雪与梁峁上的落雪，在微弱的太阳光照射和路人依稀的脚印踩踏之下已所剩无几了，冬季里撕裂的山风从脸颊上吹过，还是让人感觉到，钻心的疼痛。整个陕北大地，处在一种肃杀、宁静、肃穆与庄严之中……

这样的天气 ，人们是很少出门的，即使是同村里面的人，也很少再来回走动了，只能蛰伏在家，静静地等待着这寒冷的天气早一点在大地上悄然散去……

在这样的天气里，只有马家溉沟村的山野，一个人还背负着一块块大黑炭，艰难地跋涉在通往自家寺庙的山路上。没办法，村子里已经走得没有几个人了，除了那些七老八十的人以外，再也没有和他一样的壮劳力。这个艰巨的任务，只能交给他去做。他身处在这片沟壑梁塬里，道路异常难走，同村的侄子刘飞云用三轮车拉回来的炭，卸在寺庙的坡底，就开着空三轮车一溜烟地扬长而去，只给他撂下一句话，让他在不忙的时候，把炭搬运上寺庙的院子里。这车炭，山野自己没掏一分钱，全都是在外面那些生活滋润的人家掏钱买的，山野掏不出钱来，只能出这等苦力，这也是他最能做到的事情。

何况，这庙上的各路神仙，就是由他们家来供奉的，从他记事起，老父亲就一直在本村或周边村庄里，给人家看病。谁家的小孩感冒发烧了，牲口又不吃草了，或者订好的儿媳妇又跟着别人跑了……山野的父亲，总要跑上几里的山路，给人家去瞧一瞧看一看，这都是推卸不了的事情。

他狠劲地背负着一块块简直要人命的大块黑炭，手已经冻得发红又开始发紫起来，但身上还是暖烘烘的。这样的天气里，只有干点重活才感觉不到天气的异常寒冷，他感觉自己浑身强大的力量，战胜了这突变的鬼天气，热气在他身上一股劲地直冒着……

他回想起自己这几十年来的各种遭遇，和那些乱七八糟肮脏的事情，多少让他心里有些丝丝缕缕的寒意。

山野这个名字，让人听起来多少感觉有点古怪，其实，他的真名不叫山野，在正式户籍册里，他的名字叫刘海宽，只是村里人感觉他确实像一颗木讷憨厚的土豆，而土豆这个全国人民都叫得响的蔬菜名，在陕北这个塞外异域之地，人们通俗称作山野。山野也不是一直就待在马家溉沟村里的。在他十七八岁的时候也出过一趟远门，那是和同村本家人去的，一起到内蒙古走的“西口”。那时候，虽然挣的钱不是很多，但山野身上阔回一身深蓝色的中山装，脚上蹬着一双锃亮的黑色牛皮鞋，威武霸气地站立在村头，俨然一副有钱人的模样。但是山野有几斤几两，全村人心里都是明白的。山野说不了话，一到紧要关头就结巴支支吾吾起来，并且脾气也不太好，老爱和人有理没理地抬上一杠，村里也就没有几个人再去搭理他。

山野家是极度贫困的，老父亲虽然会跳神打卦，但也挣不回几个钱来，应事的人家最多会给一升老谷米和二尺红洋布，别的就再也没有了——谁让这些地方的人，都是这样的贫穷呢！

山野家里面的两个姐姐早已出嫁了，和他挨远至近的人，只有一个哥哥住在不远处的村子西头，但很少有往来。他们比路人还要陌生，这都是由于在扶养老人的问题上，闹下的过节，所以住在跟前和没有基本上是一样的。

第二章

他刚从内蒙古回来的那一阵子，看上了村子里面靠东头的杨姓姑娘，那姑娘可是出落得水灵灵的，人见人爱的大姑娘，年龄和山野一般大，可就是家庭地位、学历等山野和人家差远了。姑娘名字叫杨梅梅，可是把山野给爱得死去活来。可人家杨梅梅是高中生，哥哥、姐姐都是吃公家饭的人，只有这样一个小妹妹，让谁想也轮不到山野这样的人。可山野就是要追求杨梅梅，他看见杨梅梅大大的眼睛、匀称的身材，总是在杨梅梅下地干活的时候，要骚情人家一番，给人家翻地、下种、用耙子搂地等农活，这些活都不是人家杨梅梅提出来的，而是山野自己主动要去帮忙的。山野就是为了能多看上杨梅梅一眼，心里面也是美滋滋的，晚上睡觉也会发出甜美的笑声来。

每当有村里面的人开玩笑说，梅梅想和你结婚了，梅梅想和你谈恋爱了，梅梅又让你去她家帮忙干活了，山野的脸上总是洋溢着灿烂的笑容，梅梅真要是和他恋爱结婚的话，他感觉自己就是死了也值得。

这些都是山野一个人的想法，是他的一厢情愿，偶尔他也真的以为梅梅看上他了，会哆屁哆屁地跟在梅梅身后，问梅梅能看下他不。梅梅像跟着一群女生，就疯了似的，害羞地跑开了。

这样的事情持续了两年多时间，梅梅念完高中之后，就直接去了县城，被哥哥、姐姐们安排到一家公家单位上班去了，山野的这段单相思也就彻彻底底地画上了句号。

第三章

随着时间的推移，山野已是老大不小的人了，父母亲均已去世，家里就剩下山野一个人生活。一个人的日子是异常艰难寂寞的。同村和山野一般年龄的小伙子都已结婚成家，只剩下山野一条光棍还迟迟没有对象。最关键的是，山野家里面太穷了，一孔土窑洞，放的粮食，喂的猪食，都在同一个地方，家里面一盘大炕，一推门就看见摆放得乱七八糟的被褥和破旧的衣裳，这样的家庭状况谁家的女孩会嫁入他家门呢？眼看着同龄人家的孩子也早已经跑着去上学了，有的已经生下二胎甚至三胎了，自己还是光棍一人，山野心里越想越生气。但是没办法，生活还得继续，他只能把所有的精力用在地里面的庄稼上，用在和自己同样苦命的牛身上。牛是他现在唯一的生活希望，他走路时都在想着他的牛。他最愿意把自己最好的东西奉献给这个默默无闻的坚强生命。山野现在无论上山还是下川地，都要拉着他的牛。他看着牛吃圆的肚子、喝饱了水，才会放心。每次回家他都要在田间地头给牛带回整摞的青草，让牛晚上也不忍饥挨饿，这是他这两年来最能做的事情了。

山野除了不会说话、脾气不太好以外，就是人性格有点懦弱，但人是相当勤快的。村子里面的刘常笑，也是山野的本家人，经常在自己忙不过来时叫山野为自己帮忙，山野那是二话不说。山野一边给刘常笑干活，一边很诙谐、羞涩地给刘常笑说：

“老哥哥，你敢把周围的好女子，给兄弟介绍上一个吧。”

“要我给你介绍？你是个死人？你不能自己去谈一个回来”？

刘常笑这是和山野开玩笑的话，他估计山野也没有那么大的本事，自己会谈一个回来。

刘常笑是马家溉沟的能人，除了能说会道以外，就是最爱给别人做保媒的营生。人说“说成一门亲事，顶盖七座庙了”，刘常笑也不知道自己究竟给马家溉沟村里面说回来多少个媳妇了。因为自己嘴头上有功，说一对成一对，天下没有他说不成的媒，刘常笑就对别人说，人家是凭苦吃饭了，我就凭这张嘴吃了。想想这样的嘴巴功夫，估计死人也能被他说得活过来。

山野给刘常笑一直捎着的话，刘常笑也早已在心里面盘算上了。他有时坐在自家的床炕上，抽着旱烟就在心里面盘算着，周围谁家还有适合山野的女子呢？他一轮思谋下来，还真没有适合山野的女子。但是凭借自己的能力，刘常笑感觉还是有能力为山野成全一门亲事的——没有他刘常笑办不成的事情。

刘常笑把周围的朋友亲戚又都盘算了一番，他心里一下子闪现出一个人来，只可惜，这家人，距离马家溉沟路程有点远。不行，他要想办法打听一下这个人会不会来马上到来的集市上逛。

刘常笑总是满面笑容，村里人叫他刘常乐一点也不为过，他自己想着，在心里面就咯咯咯地笑出声来。真是“踏破铁鞋无觅处，得来全不费功夫”。只可惜，这个女子在脑子上有点问题，但不管怎么说，也比山野一个人生活要好得多。“不好吃的西瓜也顶个喝水，再不好的老婆也顶个孤鬼”。并且山野是自家人，他没有不去帮忙的道理，他下定决心，在集市上一定要找见这个女子的家人。

第四章

刚没几天，就是大窑堡乡上的集市了。刘常笑迈着轻快有力的步伐，走在来来往往的人群中间。他目不转睛地瞅着这家姓倪的人家，他已经在半路上就通过这家姓倪人的亲戚了解到，姓倪的这次一定会来赶集的。这家亲戚说，他姓倪亲戚家里面的母猪生下十二只小猪仔，要在集市上售卖，他也是去为自己家买一只。刘常笑对倪姓的这个亲戚是很了解的，家里面过得烂包光景，买一只小猪仔都没钱，又是要去和他这个亲戚赊账的。

刘常笑已经到了牲口市场来了，市场里面卖牛的、卖骡马的都有，不时有中介伢子在黝黑破旧的衣服下面捏着手指头，争得面红耳赤。刘常笑见到姓倪的，全名应该是倪堂堂，他和倪堂堂打过招呼，就直截了当地把这门亲事提起来。他没想见倪堂堂一口就会答应下来，并且什么彩礼钱也不要，只要能对他们家的傻女儿好就行了，没别的要求。这真是出乎他的预料，不过反过来再想，他的这个傻女儿也是有毛病的人，没有他这个媒人，还真不好嫁出去。

天色已渐黑，暗淡的夕阳已经渐渐沉寂下去。刘常笑和倪堂堂已经基本商量好，在不久的日子就订婚结婚，并且在同一个日子里操办。本来这种事情应该分开来办最好，可是对于这种特殊的人和事情，只能特殊对待了。这种筹办也能为凄惶光景的山野，节省下不少的钱，反正他想，为山野节省下一个是一个。刘常笑马不停蹄地哼着小曲走在回马家溉沟村的路上。

"青线线那个蓝线线吆，蓝格盈盈的彩，生下我一个兰花花实实地爱死个人……"

刘常笑三步并作两步朝马家溉沟方向回去，他没有回家，直接就来到山野家里面来。山野正在侍弄他的那头膘肥体壮的大黄牛，他把这个好消息一五一十地告诉山野时，山野显得有点不是很乐意。刘常笑开始破口大骂起山野来。

“你以为你是个什么好东西，你脑子好使，还用在马家溅沟年年种地哩？”

“常笑哥，我真的不想和那傻子结婚。”

“你不想，人家女的还愁嫁不出去哩，你买一个女尸骨也得十来八万，那还是个活人哩。”

“哥哥，我娶我娶好了吧”。

就这样，在刘常笑的一顿训斥声中，山野答应下了这门亲事。

第五章

日子如流水一样缓缓地流淌着，不知不觉中，时间已过去十多年了。山野所在的村庄也发生了翻天覆地的变化。这种变化不是村里面的村貌改变，而是由于滚滚的历史车轮在急速前进，整个国家在更深层次改革开放，在不断深入的推进当中。这里说的主要变化是人们在思想上的扭转和人心在时代变革中引起的一连串连锁变化。国家的经济方针政策已经更多地向民生领域倾斜，随着经济浪潮的涌动，马家溉沟村的村民们大多都走出去了，有走内蒙古的，也有去县城的，有当老板的，也有在外开公司办厂的，更有好多人早已在外买房置地了。而在马家溉沟村，只有像他，还有那些七老八十的人走不出去的，以及那些压根就不想出去的人，才待在村子里面。也有的估计是想走出去，但没有适合自己的活计，那还不如待在马家溉沟村生活得好些。像山野这类型人，只能待在马家溉沟这块贫瘠的土地上刨挖生活。他现在也没什么想望了，这个倪姓女子，已经给他生下一个白白胖胖的儿子，不管儿子将来发展得是好是坏，他也终于有个根苗了，这是他生活下去的全部希望和动力。

儿子不和他在一起住，他除了每年上缴给倪姓老丈人五千块的生活费之外，还要给五百块钱的一年四季换衣裳钱，这是刘常笑他们几个人在一起商量决定的，他也同意了这件事情。谁让自己和这个傻婆姨没有能力去抚养自己的孩子呢！他的这些经济来源，现在只能靠地里面的这些农作物收入。不过，近些年来，像他这种贫困户，国家还是给予很大帮助的，给他送来了种子、化肥，他喂养的那头多年来最心爱的老黄牛也早就在集市上被他卖掉了。卖出去的那天晚上，他深深地痛哭了一鼻子，这是和他朝夕相处的一条鲜活生命，他感觉自己对不起这头老牛。没有人能理解他和这头牛的这种深厚感情。现在取而代之的是国家免费送来的播种机和收割机，这些现代化的东西，他也开始慢慢地适应起来。

山梁上大片大片闲置的土地，长满蒿草的土地是让他最心痛的。这些土地都是最能长出好庄稼来的，现在只能成片成片地荒芜浪费掉了，这怎能让他心里面感觉到舒服呢？

他一个人时常漫无目的地行走在这些梁峁沟壑之上，心里舒出一股怅然来。现在漫山遍野的土地随便他怎样种都种不过来，他现在愁的不是没地种，而是一种发自内心的孤独和寂寞。在整个马家溉沟的山梁坡洼，走上整整一天，也几乎没有一个人和他说上一句话，整天陪伴他的只有自己的傻婆姨。那根本算不上真正的女人，最多只是给自己生了一个儿子的女人，一辈子没有和他说上一句知心话。

他时常是自己一个人上山去的。他也习惯这样一种生活方式，傻婆姨跟着他也没什么用处，带领到庄稼地里，就是他的累赘，他还要很操心地去照顾她。

第六章

山野像往常一样，再次一个人踏上山来，这次他是故意急匆匆地去后山刨葱的。其实，他并没有走多远，他只是一个人悄悄地躲藏在一个发洪水的土仡佬里面。他感觉这几天一直有一个人在注意着自己的行踪，并且每当他回到家里时，他的那个傻婆姨总是用平时他不太熟悉的手势和哑语比画上半天，今天他一定要弄个明白。

那个同村的憨牛不紧不慢地又到他家上来了，其实他们两家也没隔多远，仅隔着一条小河就能爬上来。他在发洪水的土仡佬里约莫停留了半个时辰，憨牛的咳嗽声，在他以前拴牛的地方，咯哼咯哼了两声，他静静地等待着。不一会儿，就听见他的傻婆姨，歇斯底里地喊叫起来，他二话没说，就赶紧窜出去。他手里握着一把刨葱的大锹，急匆匆地跑到家里。傻婆姨的裤子已经被憨牛给脱下来一半，说时迟那时快，他朝着憨牛的后背，直接将大锹把给抡了过去。憨牛自知理亏，抓紧自己的裤腰带，就飞也似的夺门而出。他还要追出去继续和憨牛理论半天，憨牛早已跑得不见人影了。

他越想越生气。他骂骂咧咧地在自家院子里来回走动着，他感觉自己已经快要疯了，现在一个村里，就这么几个人，可憨牛还要来欺负自己，这明摆着是要和自己过不去。

憨牛也是个光棍，年龄和山野差不多大，老婆是前两年得癌症死的，花费了不少钱，可还是没挽救下生命，现在憨牛比他过得还要凄冷惨淡。他还有傻婆姨陪伴着他，可憨牛啥也没有，只有孤零零的一个人。憨牛的孩子们一年四季都在门外打工挣钱，很少回来看他，都在各忙各的活计。所以憨牛像一只饥饿的野狗似的，在村子里四处游荡着搜寻自己的猎物。山野没想见憨牛会瞅上他这个傻婆姨，这是他万万没有想到的事情。

他决定要和憨牛比一下脚掌的大小。

山野跑上山梁，追住憨牛开始破口大骂起来，憨牛只是说自己什么也没干。山野叫着憨牛死去多年的爷爷的名字，不住地骂着。憨牛就是死也不承认自己强奸了傻婆姨，山野没办法，只好一转身跑下山来。他知道自己硬打肯定是打不过憨牛的，憨牛力气大，人也比山野壮实很多。山野没办法，只能再次跑下山来。他连衣服都没来得及替换，就直接来到乡上的派出所，把自己这些天遭遇的事情结结巴巴地、一五一十地给公安人员说了说，公安人员听了半天似懂非懂地记录了下来。派出所民警决定去马家溅沟村里面了解一下情况。当然，他们对傻婆姨是了解不来什么线索的，他们只能从作案人的口供里得到确切的信息。

经过大量细致的勘察和对憨牛的询问，现在派出所已经确定是憨牛强奸了傻婆姨，案件已经水落石出，工作人员给憨牛戴上手铐，把憨牛推上警车风也似的离开村口了。山野的判断没错，憨牛已经多次强奸了傻婆姨，只是傻婆姨不会言语，也不能表达，才让憨牛一次次得逞。

第七章

现在山野的日子已经渐渐地平静下来。傻婆姨也和从前一样，疯疯癫癫地在村子四周来回走动，嘴上呢喃着什么，人们也听不懂，也不想听这种傻人的话语。

憨牛家的儿子这两天已经托人提着烟酒来他们家跑了好几次，还未进门，就让他把那个说情的人给痛骂回去了。

山野家是大窑堡乡上确定的精准扶贫对象，除了由国家送给他的几十只山羊以外，还为他修缮了新的院落。帮扶他的乡镇人员，也隔三岔五地来到他家了解他实际生活中的困难。只可惜，送给他的山羊有好多个由于管理不善，身上起芥死掉了，他认为这是羊的品种问题。他有时还理直气壮地不想在帮扶名单上给签字，工作人员只好拿出自己家的积蓄，再次买上米面粮油等物品送给他，山野这才满意地咧开笑容，在名单上歪歪扭扭地签上自己的大名。

总的来说，山野这些天是懊恼极了，扶贫羊几乎死光了，胸口有一肚子火无处发泄。他太痛苦了，他感觉自己是这样的窝囊无用，他感到唯一能使自己解脱的就是像这些起芥的羊子一样赶紧死掉，但是当他脑海中浮现出自己的这个傻婆姨又会被同村或别的村庄的男人再次糟蹋时，他就感觉到愤怒与害怕。他不能丢下傻婆姨不管，不能孤零零地留下她一个人在这个世界上。他拿定主意和傻婆姨共赴黄泉，要走就一起走。他拿出在夏天赶集时新购买的耗子药，在吃剩的中午米饭碗里一把倒进去两包。他先让傻婆姨吃，然后自己也一口一口地把米饭吃完。他看见傻婆姨口吐白沫翻倒在炭仡佬里，他也放心地闭上了眼睛。他仿佛看见了远处的老母亲，也看到了一直疼爱他的老实巴交的老父亲，他们面容慈祥地对着他在轻轻地微笑。他的脚步声自己也能听得清清楚楚，就在自己家后山的硷畔上咚咚地踉踉跄跄地上升着，山峁的最顶端就是他小时候经常去玩的大花园，他心满意足地笑了。

马家溉沟的河水静静地如宙斯般流淌着，山峁上的风轻轻地吹送着，在这如沐浴般的微风里，吹过一年四季，吹过远处摇曳的大片大片的树林，相信在社会主义的新风吹动之下，马家溉沟的绿意一定会盎然起来，一定会焕发出勃然生机。

故乡，是他永远的精神高地

刘志成

冬日，柔婉的阳光轻轻拂过高原的沟沟壑壑。一场新雪过后，高原银装素裹，变成了一个晶莹的世界。窗前，一盏淡茶，正散发着暖暖的热气，有温馨的因子正在办公室弥漫。这是一个周末的清晨，我卸下一周奔波的劳累，正坐在窗前欣赏着阳光下美丽的雪景。文友袁彩文即将出版他的散文集《故乡那一抹绿》，这是对他作品的几次阶段性总结，亦是陕北文学圈的一件喜事。正如出版社给予该书的评价：这是一本全景式展现陕北尤其是生活在陕北之北的神木，那片神奇而绚丽土地上的人和事情的典籍。这是作者多年来生活上的体悟，或浅吟或鸣唱，其中有很多的禅意与哲理思想，如饮甘泉，绵长、醇厚、雅致、清新……

对于袁彩文的创作，我是非常清楚的，他多少年来日积月累，艰辛创作，对文字堆砌和结构把控已经非常熟稔。他的散文短小精悍，多则三千字，少则一千余字，作品朴素缜密、清隽沉郁，语言凝练、文笔清丽，极富真情实感。陕北高原给予了他无穷无尽的素材，也将他的笔锋描摹得如沟壑纵深的陕北高原般雄浑、磅礴、大气。许多篇什，是非常值得一阅的。

我先向读者介绍一下这位扎根于陕北大地上的作家。袁彩文，二十世纪七十年代中期出生于陕北神木市高家堡古镇偏东的一个小山村。在懵懂的学生时期，他便开始创作，体裁主要是诗歌、散文和小说。他在高中时期是校学生会主席，获得过两届陕西省优秀学生干部称号，文学作品在全国获得过多个奖项，其个人创作事迹被《西部散文选刊》《神木中学校志》《现代中学生》《榆林报》等收录推荐予以报道。文人相吸，他能理解我的苦难生活，我也能想到他在文学高地上跋涉的艰难。能看到他的散文集出版发行，作为文友，我是由衷的欣喜和祝贺，愿他能将这条文学艰辛的旅程一直坚持下去。早在一九九五年就被北师大作家班录取的他，创作实力可见一斑，他的文学天赋非同寻常，他是一个善于独立思考、勇于探索的人，这样的人，在现代社会已不是很显见，我很是敬佩。

年少时，一颗文学希望的种子就在他的内心种下，面对写作上的一次次瓶颈、一次次诘难，袁彩文始终没有放弃对文学的热爱。在阳光下，他踏着坚定的步伐，勇敢地向着文学广阔的高地走下去。就这样，他一天一天地勤奋努力，一日一日地持续奋进，逐渐在陕北文学圈扎下了坚实的根。如今，他早已生出了嫩绿色的树叶，开出了芳香扑鼻的花蕊，引来了蜂飞蝶舞。

《故乡那一抹绿》一书分为五辑，篇章清新自然，颇具思考张力和生活气息。题材多选自他生活的陕北高原。袁彩文在第一辑前言中持饱满的思绪娓娓而来："我会感谢故乡馈赠我的绿意，每次在回乡的路上目光所及，总能给我以温暖的纯绿色，它是那样的暖心柔和，那样的亲切静谧，它会洗去我的千愁苦闷，仿佛穿越到另一个世界，暂时隔断世事的纷扰与喧嚣，抚慰我疲惫不堪的忧伤灵魂。"故乡，于袁彩文而言，是一个精神高地，这里有他剪不断的乡情，有他踩下的每一个脚印，也留下了他勤奋的汗水。

他的散文《漫活神木》的开头是这样写的：“走向沧桑厚重的大西北，你就有一种欲哭无泪的感觉。走向沟壑纵横的陕北黄土高原，你就有一种直舒胸腔，震颤的灵魂在自己内心叩问。当你走近神木赤裸的山峁，一股雄壮野性的悲怆，像斯巴达克式的斗士，激昂起你的雄浑壮阔。你看着这片干瘪饥渴的土地，情不自禁地泪流满面失声恸哭。”这该是怎样的一种苍凉景致，能将你的心域勾勒得如此凄凉，又如此激昂。他用一种悲伤的语调，为读者揭开了一幅绚丽多彩的神木画卷。一字一句间，蕴含着神木人的性格，神木人的精神风貌，神木人的纯澈的灵魂空间。

“生活在大自然中的万物都是以自己独有的方式存在着。牛是一种以草为生的动物，草是牛的信仰，是生命之源。在陕北农村，牛是人们的生活希望，是生存下去的重要意义。”他在《向草而生》一文中这样写道。牛之于陕北农人来说，是不可或缺的精神食粮，它苍黄的脊背上，承载着农人小小的希望，承载着农人的喜怒哀乐。每一个生活在高原之上的陕北人，何尝不是有着“牛”一样的精神品质呢？他们任劳任怨，面朝黄土背朝天，用勤劳和质朴，写下一生无悔的誓言。

纵观全书，其内容大多来自作者的故乡——陕北高原。对于陕北高原，他倾注了所有的心血，以至于每一个篇什，都浸润着陕北的沧桑和悲怆。在创作手法上，他由实而虚，融情于景、寄情于事、寓情于物，完美地表达了作者的真情实感，实现忘我的完美统一，为读者展现出更深远的思想。无论从意境、内容、结构、语言等方面，他的散文已经进入很高远的层次。

这本书的出版，我想一定会让更多的人开始关注这个在陕北大地文学之路上勤劳奋斗的作家。

愿他能在自己的文学世界中筑起更高的精神屏障，为自己，也为占据他生命之全部的文学高地，递交一份完美的答卷。

后记　最终感谢生活

我曾在无数个冬夜，用颤抖的手来写诗，不断地在稿纸上折腾自己，这样的事情，我曾一度憎恨甚至抗拒。我曾说过，走上文学创作这条路我是被“逼”的，我总感觉自己太笨拙，文学的博大精深相距我甚远，所以我不敢轻易去触动。

在凄凉冷清的夜晚，无人敲开我的门扉，我便感觉诗歌像母亲一样搂我入怀，给我激励和温暖，我开始在孤独迷茫中倾吐自己蓄积至久的酸楚。

童年的艰辛生活，让我逐渐意识到，作为一个农民儿子所承载的分量。我唯有把根在泥土里扎深扎实，才能有永恒的生命，这就是我最初的文学梦想。

“我幼小的翅膀从故乡的怀抱中升起 / 我将稚嫩的诗句埋藏在回家的路上 / 生我养我埋葬我的故乡 / 泪水洒在田埂便是一场春雨……呵，故乡 / 让我泪流满面的地方 /……”

我感谢文学，感谢诗歌，是文学给予我最大的信心和勇气，让我学会独立思考，使我在平淡的生活中不断地观察、体悟、洞察人生。有人说，人生是一次艰难的旅行。在这条路上，既有花开又有花落，但我坚信，热爱生活、热爱命运的人，永远不会被生活所抛弃。

我真正开始文学创作，是在高中时期，好多文友直至现在都有联系。舞文弄墨、臭味相投的几个年轻人胸怀壮志，大有咬定青山不放松的执着，在文学这条遥远而渺茫的路上，踯躅地前行着。曾几何时，梦想着能通过文学改变自己的一生，能通过文学彻底改变命运之舟。但这条荆棘的道路，路途迢迢，始终未能抵达理想的高度。但我坚信太阳是永恒的，文字是永恒的，我们生活在这颗蓝色的星球上，人生一世仅是一瞬间。我以候鸟的姿势，俯瞰大地，观察沧海，我以蓄积至久的思想，一次次翱翔在陕北这一片热土之上，守望着生命中的伊甸园，我只能讴歌赞美，属于我的这块灵魂热土。

在学生时期，我创作上的点点滴滴小成绩，被吉林省教育厅主办的《现代中学生》杂志以封面人物推荐全国，也曾被《榆林日报》等以专题形式报道，一九九五年被北师大作家班录取。在文学的殿堂里，我如饥似渴地吮吸着养料，文学在我面前展开绚丽多姿的画卷。我做过报社的记者编辑，参加过多次文学创作活动，而先前一起走过的文友，大都已散落天涯，好多已不再从事这一辛苦行当。他们都是很有文学天赋的创作者。写作只能扬名，却不能养家糊口，不能给予实实在在的物质利益。可以说，每个文学创作者手头上都是拮据的。除了花费更多的脑力劳动以外，收益是很微薄的。而在这个物欲横流的现代社会，没有足够的经济储备，你怎样才能生存下去？我想到很多很多一起写作的友人，他们只是在用自己坚强的意志力支撑着这一人类伟大的精神食粮。

真正的文学，都是和权贵、富有、骄横跋扈相抵触的。文学是真善美的化身，是和贫穷、饥饿、苦难相关联的。文学是人世间的一杆秤，在憎恶为富不仁的同时，也赞美穷人的困苦与艰辛，而苦难、贫穷、生活在社会底层的人们等，往往也是文学表现最多的题材，这是文学向人类最能奉献出来的价值与力量。

著名作家阿来先生说，没有被文学熏染过的地方，他是不会去的。贾平凹先生笔下的商州，莫言讲述的山东高密，北城先生笔下的铁炉峁，我们去法国有雨果笔下的《悲惨的世界》，去日本有川端康成的《伊豆的舞女》，去苏联有列夫·托尔斯泰《战争与和平》《安娜·卡列尼娜》……这些都是作家们根深蒂固的母土，是永远脱离不了的精神领地。正如我所身处的陕北一样——一度沉寂的高家堡古镇，因为路遥先生的一部《平凡的世界》而再度走红，这都是文学的价值与力量，文学已是我永远无法割舍的一缕情愫。

我知道要创作出一部有深远意义和影响力的文学作品，需要有对生活非常深刻的认识与时代把握，要使生活中的体验跃然纸上，须有艰苦卓绝的努力付出，我已做好在文学的海洋里奋力一搏的准备。

生活如江河长年奔腾不息，又像大海一样惊涛骇浪变幻莫测，尽管生活赋予我种种艰辛，给我以各种挑战甚至诘难，但我最终还是感谢生活，感谢生活让我知道每个人都生活得不容易，感谢生活让我变得更加坚韧、顽强、豁达，感谢生活让我无论遭受多么大的挫折都永不言弃，在更多困苦的日子里，把自己研磨成一枚坚硬的砾石，直至永远。

回顾过去所走过的路，自己追逐过的梦想，我在心底涌起无数的感激与愧疚。感谢我的责任编辑解放军报社的凌翔老师，感谢为此书作序的神木籍作家单振国先生，更要感谢为此书奔忙的我的神木好弟兄李志强先生……感谢我的家人支持，感谢我的老师和社会各界所有为此书奔波的每一个人，发自内心地说一声，谢谢你们！

前方的路还很远很长，我将用我的生命去努力拼搏，不管世事如何变幻，我将用勤奋的汗水去敲响缪斯女神的大门，我将用我的热血谱写未来生命的乐章。文学将是我毕生追寻的梦，感谢读者，欢迎批评指正。